Maria Cristina Aprile

Racconti A3

MNAMON

PREFAZIONE

Questi racconti sono le storie inedite scritte da un'autrice che si è avvicinata per la prima volta al mondo della scrittura. È una grande lettrice e possiede un animo sensibile e attento. Ma basta, questo, per far sì che la sua piccola opera sia degna di essere pubblicata? E cosa, chi, lo decide? Quando si "diventa" scrittori?

Secondo me lo si diventa quando si usano le parole, mettendole nero su bianco, per trasmettere una visione nuova delle cose, del mondo e dell'animo umano.

L'associazione SCRI.VI.MI. (SCRITTORI VISIONARI MISSIONARI), nata nel 2013, voleva promuovere la pubblicazione e la diffusione di opere di giovani autori ancora sconosciuti, con l'intento di adoperare gli eventuali proventi a fini benefici.

Il primo logo dell'associazione era composto da tre magi che camminavano su una penna d'oca intinta nell'inchiostro.

Dato che questa immagine però richiamava troppo da vicino una certa iconografia religiosa, il logo fu modificato e sulla piuma comparve un giovane con una chiave in mano che apre uno scrigno. L'associazione fece in tempo a preparare un bellissimo progetto di scrittura creativa nelle scuole, con la produzione di un e-book compilato a più mani dagli studenti del liceo Juvarra di Venaria (Torino). Da quella esperienza si ricavarono degli utili che furono versati in beneficenza ad una associazione che si occupa di educazione nei paesi emergenti.

Dopo poco, purtroppo, l'esperienza di SCRI.VI.MI. si rivelò al di sopra delle forze dei loro ideatori. Uno dei fondatori, Luigi Campi, morì di malattia e gli altri soci furono assorbiti da altri impegni, per cui l'associazione fu di fatto abbandonata.

Il suo presidente, però, cioè il sottoscritto, non si diede per vinto e trasformò SCRI.VI.MI. in un gruppo di Facebook aperto a tutti, dove si possono inviare testi inediti da sottoporre per un'eventuale pubblicazione. Grazie alla collaborazione di MNAMON, ogni anno SCRI.VI.MI. promuove e produce a proprie spese un e-book, scegliendo tra gli autori che ritiene più innovativi e promettenti.

Per quest'anno si è scelto di produrre una raccolta di Racconti scritti da una donna, Maria Cristina Aprile, appunto. Cristina si è iscritta ad un corso di scrittura creativa tenuto dalla scrittrice Laura Scaramozzino, di Torino, e si è subito segnalata per la vivacità e genuinità dei suoi "esercizi" di stile. Si tratta di racconti brevi, di poche pagine ognuno, ma che rivelano una forza evocatrice purissima, mettendo a nudo l'animo umano con poche pennellate agili e precise. In essi non c'è mai bisogno di spiegare niente. Si capisce subito tutto al volo.

Questi racconti sono i primissimi che l'autrice ha scritto ma hanno in sé una grande forza visionaria e proprio per questo hanno catturato l'attenzione di SCRI.VI.MI.

Giuseppe De Renzi
Torino, 1 dicembre 2017

IN CAMMINO

PRIMA PARTE

Riccardo è un uomo di mezza età, uno che si direbbe un bell'uomo brizzolato: i capelli ancora folti, tagliati corti, che ricadono un po' all'ingiù sul lato sinistro della fronte. La carnagione scura gli conferisce quell'aria sana che altri suoi coetanei non hanno durante i mesi invernali, impalliditi dal freddo e dall'aria troppo inquinata della città. Non è solo il suo aspetto fisico a renderlo così gradevole. Riccardo è un uomo appagato dalla propria esistenza, un uomo semplice che succhia il nettare della vita dalle piccole cose di ogni giorno, come quella di recarsi in panetteria tutte le mattine prima di andare in ufficio, comperare il pane integrale per la sera e scambiare qualche battuta con la proprietaria del negozio o con le sue dipendenti, sempre pronte a pungolarlo con battute maliziose che lui elegantemente dribbla senza offendere le signore.

Sì, perché la sua vita sentimentale negli anni lo ha reso sicuro di sé. Convive con Delia da quindici anni. Si sono conosciuti alla pompa di benzina dove lui non riusciva a sbloccare l'importo del cliente precedente e gentilmente Delia lo ha aiutato a togliersi d'impaccio. Così per sdebitarsi Riccardo le ha offerto un caffè e, insomma, sono trascorsi quindici felici anni di vita insieme.

Ma perché gli è venuto in mente l'episodio del loro primo incontro? Certo, oggi è il compleanno di Delia. Stamattina si sono salutati velocemente ma, adesso che è uscito dall'ufficio, ha tutto il tempo di recarsi in quel negozio di antiquariato a un paio di isolati da casa sua e scegliere un oggetto dal sapore antico da regalarle. Non ha ancora ben chiaro che cosa, tanto sa che alla fine sarà l'oggetto a scegliere lui. In seguito ad un seminario *new age*, a cui aveva partecipato qualche anno prima sotto insistenza di Delia, Riccardo ha maturato la convinzione che lasciando aperta la mente e il cuore alle potenzialità della vita non possono accadere altro che le situazioni giuste per ogni individuo.

La proprietaria del negozio è una signora dall'aspetto minuto, i capelli biondi raccolti in uno chignon basso dietro la nuca. Indossa un pantalone a pinocchietto rosso, una deliziosa camicetta in cotone bianco con piccoli ricami fiorati sul davanti. Non appena Riccardo le chiede di mostrargli un oggetto che ha visto in vetrina, la signora apre la parete di compensato che fa da sfondo, fa volare con un gesto energico delle ginocchia le ballerine rosse che ha ai piedi ed entra a far parte essa stessa degli oggetti esposti, fino a raggiungere quello indicato da Riccardo. Si tratta di una coppia di orecchini pendenti a forma di giglio smaltati di lilla. La proprietaria del negozio spiega che si tratta di artigianato francese dei primi del novecento, della zona di Aix en Provence e che ne esistono pochissimi esemplari, tutti diversi tra loro. Ripone gli orecchini in una fine scatola di raso blu infiocchettata da un nastro dello stesso colore e gliela consegna. Riccardo paga, ringrazia ed esce dal negozio soddisfatto dell'acquisto. Gli sembra di ricordare che Delia ha una camicetta lilla che mette in questa stagione e, sapendo quanto ama gli abbinamenti di colore, è certo che apprezzerà gli orecchini e la loro storia. Non gli resta che percorrere a piedi i due isolati che lo separano da casa, dove immagina che lei sia già rientrata.

L'antico palazzo juvarriano in cui abitano ha un portoncino per il passaggio pedonale che non lascia immaginare la meraviglia situata al suo interno. L'androne, con la volta a crociera altissima da cui pende un lampadario a forma di lanterna, si apre su un cortile ad uso privato pavimentato in pietre, con al centro una fontana ottagonale ormai in disuso. Ai suoi lati, invece, si dipartono due scalinate in pietra dirette verso le ali opposte del palazzo. Riccardo si dirige verso sinistra, apre il portoncino in vetro ed entra nel secondo atrio con il suo prezioso dono sollevato a mezz'aria nella mano. Sale le scale che lo porteranno all'appartamento del quarto piano, senza ascensore: si sa, è un palazzo d'epoca. Arrivato quasi al termine del secondo piano, gli sembra di sentire la voce di Delia, quindi arresta la salita e si affretta a nascondere il pacchetto. Sarà sicuramente andata a festeggiare con Carla, la sua amica pittrice che abita al secondo piano con tre gatti. Poi, non sentendo più le voci delle donne, riprende a salire le scale, svolta l'angolo della seconda rampa e resta pietrificato dalla scena. Delia e Carla sono avvinghiate in un bacio passionale che a memoria sua non ricorda di avere mai ricevuto dalla sua amata. Le due amiche, o meglio amanti, sono talmente trasportate dal sentimento che non si accorgono neppure di lui. In un attimo Riccardo è assalito da pensieri contrastanti, rabbia e rassegnazione, disgusto e impotenza vorticano nel suo animo in quella manciata di secondi. In una frazione di secondo decide la cosa migliore da fare. Scende le scale, apre il portoncino di vetro, estrae dal taschino la penna, cerca nelle tasche un pezzetto di carta qualsiasi. Trova una ricevuta della posta, gira il foglio dal lato bianco e scrive: "Per Delia: non siamo esseri immortali, ognuno di noi merita la felicità. Buon compleanno e buona vita. Tuo…"

Piega il foglietto in due e lo infila sotto il nastrino lilla del pacchetto. Apre la buca delle lettere, ripone il regalo, chiude la buca, volta le spalle ed esce... per sempre.

SECONDA PARTE

La sveglia suona. Le 6,30 e nessuna voglia di alzarmi. La spengo, scosto la coperta. Riccardo mi afferra per un braccio e mi attira a sé, "Buongiorno amore mio e buon compleanno". Ci baciamo a lungo, lo ringrazio ma adesso non c'è tempo per le coccole. Devo andare in agenzia, la mia socia è malata, devo aprire io, altrimenti oggi avrei preso un giorno di ferie per festeggiare il mio 42° compleanno. E poi, preferisco sfuggire agli abbracci del mio uomo, almeno finché non sarà tutto chiarito. Ho scelto questa giornata come quella giusta per farmi un regalo: essere sincera con me stessa e con chi amo. Bisogna pur cominciare da qualche parte a ripulire. Ho avuto bisogno di un pretesto per decidere. Il compleanno rappresenta un po' per tutti una fase di bilancio della vita. Vita di cui non conosciamo la data di scadenza. Dunque, meglio non rimandare. Oggi pomeriggio, prima che torni Riccardo, parlerò con Carla e metterò fine al nostro tormentato rapporto.

È iniziato tutto un sabato mattina di tre mesi fa. Tornando dal mercato, trovo sul pianerottolo Duchessa, una gatta tutta bianca con due pennellate di nero sulle zampe anteriori. Leggo sulla medaglietta il nome della proprietaria: Carla Bottero. Apro velocemente la porta di casa e lascio la spesa nell'ingresso, richiudo, prendo in braccio Duchessa, scendo due piani di scale e giungo all'appartamento di Carla.

Fino ad allora ci eravamo incrociate qualche volta nell'atrio del palazzo, un saluto, qualche convenevole, nulla di più. Lei si era trasferita qui un anno fa e prima di quel sabato mattina ignoravamo tutto di noi.

Così entro a casa sua per riconsegnarle il felino e scopro il magico mondo di una pittrice di quarantacinque anni, gli stessi di Riccardo, single, che vive con la compagnia di tre gatti e delle sue innumerevoli tele. Una donna dinamica dal corpo alto, snello, i capelli castani rasati dietro la nuca e raccolti sulla sommità del capo con una pinza a far ricadere le ciocche più chiare davanti alla fronte. Una bellezza ostentata più dalla decisione del suo carattere che dai lineamenti un po' androgini del viso. Restiamo in cucina a parlare davanti a una tazza di tè per circa due ore e quando decido di tornare a casa ci salutiamo dandoci appuntamento al lunedì sera successivo, giorno in cui Riccardo esce per la consueta partita di calcetto con gli amici.

Inizia una frequentazione regolare fatta di aperitivi preparati insieme e condivisi con i suoi innumerevoli e stravaganti amici, di dopocena trascorsi a guardare film sul divano e raccontarci le nostre vite passate. Scopriamo di avere tante similitudini, amiamo gli stessi film, lo stesso cibo, i nostri gusti musicali coincidono e tutto questo non fa che portarci al desiderio di trascorrere sempre più tempo insieme.

Un pomeriggio Carla mi chiede di fare da soggetto per la sua prossima tela: donna allo specchio... nuda. La sua richiesta mi incuriosisce. Le domando perché ha scelto me. Mi risponde che le sembro la persona più adatta al tema e sostiene che è ciò che dovrei fare: guardarmi allo specchio e scoprire realmente chi sono e cosa voglio dalla vita. Sul finire della frase, si avvicina, mi cinge la vita e mi bacia sulla bocca. Non mi ritraggo, non la incoraggio, ma capisco il senso delle sue parole: perché sono qui tra le sue braccia senza provare disgusto o imbarazzo? Il trasporto prende il sopravvento, non mi pongo più alcuna domanda e mi abbandono alla sua seduzione in una nuova scoperta della mia sessualità.

Nelle settimane successive, Carla ed io ci incontriamo spesso dopo cena con il benestare di Riccardo, cui ho raccontato la parziale verità, quella di fare da modella per una tela. Io amo Riccardo, vivo con lui da quindici anni, è un uomo capace di donare serenità a chi gli sta accanto. Tuttavia la vita di coppia l'ha reso monotono, privo di espressione. Non a caso è arrivata la relazione con Carla. Lei mi ha travolto con la sua freschezza, le sue attenzioni, e io sono decisa ad andare fino in fondo per scoprire la strada giusta da seguire. Il dipinto prende forma, l'immagine che va tracciandosi è quella di una donna nuda seduta di spalle su uno sgabello di velluto rosso, davanti a un tavolo da toilette; la testa, poggiata sul palmo della mano sinistra, è voltata verso la spalla destra, s'intuisce il profilo, lo sguardo è lontano rivolto verso una fonte di luce, forse una finestra. L'immagine riflessa nello specchio invece, rompendo ogni logica, fissa severa la donna seduta come per indagare in fondo al suo animo.

Così, giorno dopo giorno, prende corpo anche la storia d'amore e di passione e le richieste di Carla cominciano ad essere pressanti. Vuole che usciamo allo scoperto, che io lasci Riccardo e mi trasferisca da lei. Le chiedo tempo ma lei minaccia di dire tutto, è gelosa, non sopporta l'idea che io viva con un uomo. Tutto questo mi delude. I rapporti umani con il tempo sono destinati sempre a divenire deludenti? Tento di farla ragionare, senza alcun risultato.

Come per effetto di un bilanciamento naturale, sento una maggiore attenzione di Riccardo alle mie esigenze. Una sera arriva a casa con una bottiglia di spumante e un mazzo di rose. S'inginocchia davanti a me, dichiara il suo amore profondo come se fosse la prima volta e in un gesto buffo e tenero, con le mani giunte, mi chiede di sposarlo. Scoppio in una risata argentina, lo abbraccio e accetto la sua proposta, sì voglio vivere al suo fianco. Domani sarà il mio compleanno, parlerò con Carla, è tempo di bilanci, è tempo di rinascita.

Riesco a districarmi dagli impegni, chiudo l'agenzia un'ora prima, suono alla porta di Carla. Le racconto cosa è accaduto la sera precedente, la voglia di continuare la mia vita di coppia, il desiderio di mantenere viva un'amicizia sincera con lei. Sembra comprensiva, mi accompagna alla porta, mi augura il bene più profondo e mi porge il quadro. Vuole che lo tenga io, ora che la donna allo specchio è riuscita a scrutare se stessa. Mi attira a sé e mi bacia con passione. Provo a divincolarmi per il timore che ci vedano ma poi cedo al sapore di quello che considero il nostro addio.

Torno a casa e aspetto l'arrivo di Riccardo. Voglio festeggiare con lui e fargli vedere il dipinto della mia carissima amica.

Il pregio di vivere con uomo metodico è quello di sapere esattamente a che ora tornerà a casa. Per contro, il minimo ritardo fa scattare il sospetto che qualche cosa di brutto possa essere accaduta. Così provo a chiamarlo al cellulare. Parte la segreteria telefonica. Mi sforzo di mantenere la calma, potrebbe essersi attardato nell'acquisto del regalo per me o nella scelta del ristorante per la cena. Eppure avverto un senso di malessere interiore cui non so dare una spiegazione. Provo a distrarmi guardando la televisione, intanto le ore passano e io sono sempre più inquieta. Suonano al citofono. Eccolo finalmente. Spingo il tasto di apertura senza neppure chiedere chi è. Questa volta un rimprovero se lo merita. Apro la porta e mi trovo davanti due agenti della polizia. Mi chiedono se sono la convivente del signor Riccardo Bruni e mi comunicano che è stato investito da un'auto a cinquecento metri da casa, si trova in ospedale in stato d'incoscienza. Mi chiedono di seguirli per svolgere alcune pratiche burocratiche ed io mi domando se è la verità o se stanno prendendo tempo per evitare di comunicarmi una notizia ben più grave. Uscendo dal portone mi accorgo che nella buca delle lettere c'è un pacchetto. Lo prendo, leggo il foglietto infilato sotto il nastrino e comprendo tutto.

Mentre salgo in macchina con gli agenti, chiudo gli occhi e sento arrivare da lontano le note di una canzone degli U2 *with or without you* e improvvisamente ho la certezza che "sei vivo" e che tutto può ricominciare perché *with or without you, I can't live… with or without you.*

TERZA PARTE

Crescere, diventare adulta e inseguire il sogno di rimanere bambina. Questo era il pensiero ricorrente di Carla, la consapevolezza di essere stata realmente felice solo durante la fanciullezza. La sua era trascorsa in una famiglia borghese, il padre impiegato di banca, la madre insegnante di lettere. Era figlia unica, dunque aveva ricevuto le attenzioni e i giocattoli di Natale solo per sé. I nonni paterni si prendevano cura di lei quando mamma e papà non riuscivano a prelevarla da scuola. Quei pomeriggi erano una festa. Ricordava ancora i biscotti impastati e modellati con le formine di animali di nonna Adelina e le letture candide di fiabe di nonno Piero, aspettando la cottura dei frollini con il naso davanti al forno. Anche adesso che era cresciuta, andava a passeggiare nel giardino in cui la portavano i genitori da bambina. A quel tempo c'erano dondoli con la forma dei personaggi dei fumetti; il parco si chiamava Paperino Club. Le capitava spesso di rifugiarsi in quei ricordi durante i momenti di sconforto che, per vari motivi, seguirono quell'età felice. A undici anni, con l'avvio alla scuola media, aveva iniziato a frequentare un istituto musicale, più per volontà della madre che per scelta propria. Purtroppo le lezioni di pianoforte non sortivano in lei quel risultato sperato dai genitori. Così al terzo anno aveva abbandonato e si era dedicata a un'altra forma di arte: il disegno. Aveva scelto di diplomarsi al liceo artistico con l'intento di iscriversi ad architettura ma, una volta arrivata al diploma, aveva preferito l'Accademia di Belle Arti. Poi, in quarta superiore, si era innamorata di Fabio, un ragazzo di quinta liceo con cui avrebbe trascorso i tre anni più spensierati della sua gioventù. Fabio suonava il basso in una band con altri tre ragazzi. Un pomeriggio Carla andò ad assistere alle prove e ad un tratto il ragazzo alla batteria disse che secondo il suo parere mancava qualche elemento sonoro che riempisse la loro musica: magari un sassofono. Fu come se in lei si fosse aperta una finestra sul passato, le venne in mente un concerto al quale aveva assistito con suo padre nel periodo in cui ancora frequentava le lezioni di pianoforte. A quel concerto era stata rapita dal suono di un sax, aveva chiuso gli occhi e la sua mente aveva preso a vorticare insieme all'altalena musicale delle note. Quel suono le arrivava puro, mentre gli altri strumenti erano spariti d'incanto e lei era partita per un viaggio emozionale. Alcuni giorni dopo espresse ai genitori la volontà di cambiare strumento: voleva provare a suonare il sax tenore, ma allora era ancora fisicamente troppo gracile, non riusciva a sostenere il peso dello strumento, e così abbandonò del tutto la musica.

Ma a ventun anno, quando il batterista della band le aveva fatto riaffiorare quel ricordo, il suo corpo era cambiato molto, il nuoto l'aveva dotata di spalle larghe e braccia robuste. Il peso del sax non sarebbe più stato un problema. Non aveva mai pensato di riprendere a suonare, fino ad allora, e capì che era giunto il momento. In fondo ciò che aveva imparato da bambina all'istituto musicale, giaceva silente: si trattava di risvegliarlo. Solo che questa volta decise di prendere lezioni private da un maestro di musica. Di cui s'innamorò. Era un uomo sulla quarantina, non particolarmente bello ma dotato di forte carisma, in grado di affascinare attraverso i gesti, le parole e le note. Carla scoprì il mondo notturno dei musicisti, frequentò locali e persone bizzarre. In poco più di un anno di lezioni, era in grado di suonare diversi brani da solista e di interagire con un gruppo di musicisti pop cui si era legata durante quelle frequentazioni. Ogni volta che imbracciava il suo strumento era come se lo possedesse, avvertiva la vibrazione dei tasti propagarsi attraverso le dita fino alle braccia, andare oltre il capo. Chiudeva gli occhi e sentiva le note entrare in ogni cellula del corpo come una panacea.

Vent'anni dopo, si ritrovò davanti all'armadio, lo aprì, ne estrasse la custodia con il sax che teneva nel ripiano più alto. Non lo aveva più suonato da una lontana mattina di febbraio, prima di recarsi in ospedale per l'interruzione di gravidanza. Da allora, in fondo alla sua anima si era aperta una crepa. Il mondo le era apparso di colpo più buio. Faticò molto a tornare a una parvenza di vita normale: riprese a dipingere, si laureò ma non riuscì a suonare lo strumento che la sua memoria associava a quell'evento tanto doloroso.

Arrivarono così gli amori omosessuali. Inizialmente pensava si trattasse di un rifiuto verso il genere maschile, causa della sua sofferenza, ma poi capì che si sentiva se stessa solo quando s'innamorava di una donna. Finché arrivò Delia. A quanto pare, però, neanche quest'ultima relazione era destinata ad avere seguito. Delia era tornata tra le braccia del suo uomo, senza che Carla si battesse per convincerla a restare con lei. Carla aveva imparato dagli errori del passato che non serviva a niente opporsi alla volontà altrui. Troppe volte era stata possessiva, troppe volte era stata causa del suo male.

Si erano salutate con un bacio sulla porta; insieme all'amata aveva lasciato andare il ritratto forse più bello che avesse mai dipinto: "Donna allo specchio". L'immagine del corpo avvenente di Delia riflesso in uno specchio e l'immagine di Carla dai contorni sfuocati in un ritratto posto sul tavolo da toilette, un particolare che aveva aggiunto quel mattino stesso, poco prima del loro ultimo incontro.

Ancora una volta la vita le riservava un cambiamento di rotta o, meglio, un'opportunità. Chissà cosa sarebbe successo adesso? Decise di andare a passeggiare al Paperino Club, ma prima, si sarebbe fermata in quel negozio di antiquariato a due isolati da casa a consegnare la custodia contenente il suo sassofono.

LA RAPINA

Quello che sto per raccontare è un episodio avvenuto circa un mese fa ma ancora adesso, se solo ci penso, mi sento attorcigliare in tutta la mia lunghezza.

Una cravatta come me, nata in una nota sartoria del centro di Napoli, intessuta con le migliori sete londinesi, modellata da mani esperte che attraverso sette pieghe mi hanno donato un corpo invidiabile, dotata di una fantasia che farebbe impallidire persino Kandinskij e con un nodo così ben sviluppato da rendere elegante anche il collo di un toro, mai più pensava di finire appesa nell'armadio di un ragioniere di Milano, tra decine di altre cravatte di fattura mediocre (per non essere offensiva).

Fu così che io, ultima di quattro sorelle, create dallo stesso lembo di seta, anziché andare in dono a un capo di stato, a un primo ministro o alla peggio a un cancelliere, finii nelle mani di una donna di classe, ahimè, innamorata di un impiegato di banca qualunque. All'inizio ero contenta perché uscivo spesso, mi portava a cena fuori, pur trattandosi di posti dozzinali, andavo in banca quasi tutte le mattine, ma poi quando i due si lasciarono, finii dimenticata nel buio dell'armadio.

Una mattina di qualche settimana fa, come accennavo, con mia grande sorpresa, mi sono sentita afferrare sul davanti e tirare giù con forza dalla gruccia che condivido con altre sei cravatte. Ho pensato: "Eccolo qua, di sicuro vuole fare colpo su una cliente o ha un colloquio con il direttore. Non mi stupisce che preferisca me alle altre sciacquette".

Naturalmente l'accostamento alla camicia poteva essere migliore e, se solo avessi avuto le braccia, gli avrei mostrato come si annoda per bene una cravatta; tuttavia, guardandomi allo specchio mi trovai molto carina.

Certo che stare delle ore davanti allo schermo di un PC a guardare numeri e grafici, di cui non capisco nulla, mi opacizzava il tessuto. E tutto quel battere incessante delle dita sulla tastiera mi stava facendo venire la sonnolenza. Insomma, mentre fantasticavo di passeggiare sul lungomare di Santa Lucia col profumo di limoni a inebriarmi tutta e di scaldarmi la trama con il calore del sole, a un tratto ho visto davanti a me la canna di una pistola e la voce di un uomo che intimava: "fai quello che ti dico e non ti torcerò un capello. Prendi tutti i soldi che hai in cassa e dammeli, sorridendo possibilmente. Se suoni l'allarme, sparo". A queste parole sentii le vene del collo pulsare con forza, la camicia attorno a cui ero avvolta diventò madida di sudore ed io temetti di rimanere per sempre offesa da quel liquido organico che il povero ragioniere stava secernendo. Ma poi subito mi feci coraggio. "Il piccolo impiegato di banca farà sicuramente ciò che gli è stato ordinato – pensai -, non rischierà la mia vita e la sua per fare l'eroe". E invece quello che fa? Apre la cassa e tira fuori da un ripiano sottostante una bomboletta di deodorante, la spruzza in faccia al rapinatore che, colto di sorpresa, lascia cadere l'arma e si porta le mani al volto. Con gli occhi chiusi tenta di agguantare il ragioniere che ha davanti e, naturalmente, chi volete che afferri? Me! Mi stringe nel suo pugno e mi tira verso di sé con la forza di una locomotiva. Io ero così delicata! Io ero destinata ad ambienti diplomatici! Nessuno avrebbe osato trattarmi a quel modo! Fortuna che Riccardo, il mio bell'eroe metropolitano, ha la prontezza di spruzzare un'altra dose di deodorante negli occhi del rapinatore (cosa ci facesse poi quel deodorante sotto il bancone, non è dato sapere). Intanto, preme l'allarme e urla a tutti che c'è una rapina in corso. A quel punto non capisco più nulla, mi ritrovo accovacciata sotto il bancone con la punta spiegazzata che striscia per terra, tutta tremante di paura. Sento un suono acutissimo di sirena, donne che urlano, un rumore di colpi secchi e tonfi sul pavimento e avverto due dita insinuarsi nel nodo e aprirlo per fare entrare più ossigeno nei polmoni. Il torace, in quei pochi istanti, ondeggia e ansima rumorosamente. Il tutto dev'essere durato non più di tre minuti, ma vi assicuro che mi sono sembrati un'eternità. Pensavo che la mia vita sarebbe finita con un bel foro che mi trapassava da parte a parte, per tutti i sette strati del mio pregiato tessuto. Una fine tragica, senza possibilità di salvezza.

Alcune ore dopo sono seduta davanti al direttore, di cui vedo solo la cravatta, l'unica alla mia altezza. La riconosco, è anche lei della mia famiglia, si capisce che il direttore ha buon gusto.

"Caro sig. Riccardo, lei si è dimostrato pronto, coraggioso, e per esserle riconoscente le ho assegnato un ufficio privato per le consulenze finanziarie, nonché un aumento di stipendio già dal mese prossimo".

Hai capito l'impiegatuccio? Ed io che lo consideravo un codardo. Sarà bene che dia una lucidata alle mie sete poiché da domani daranno nuova luce a un uomo valoroso e, speriamo, anche con una nuova fidanzata.

PANE NOSTRUM

Il pane. Da sempre nutrimento base dei popoli. Da quando l'uomo scoprì la fantastica trasformazione della farina impastata con l'acqua, il pane è diventato l'alimento più diffuso al mondo. Fare il panettiere non è solo lavorare per guadagnare. Lo considero un contributo alla società dal punto di vista nutrizionale. Ecco perché sono fiero di far parte di una famiglia di panificatori, fondata da mio nonno, portata avanti da mio padre e successivamente da me e i miei due fratelli.

Nel secolo scorso, quando il nonno Alfonso, da tutti conosciuto come Don Fefè, preparava l'impasto, si usavano farine più ricche di nutrienti perché meno raffinate. Il mulino era parte vitale di ogni paese, non occorrevano grandi scorte di farina da tenere in casa. Ci si recava al mulino con il proprio cereale da macinare, sufficiente a soddisfare il fabbisogno della famiglia.

Io mi sono trovato incastrato fra la tradizione e la necessità di soddisfare la richiesta crescente di pane in tempi brevi. La tecnologia indubbiamente contribuisce a velocizzare le operazioni d'impasto. Io comincio a plasmare le mie opere d'arte nel tardo pomeriggio, versando i sacchi di farina nell'impastatrice in cui ho lasciato una parte d'impasto del giorno precedente che farà da lievito. Aggiungo acqua, sale e diversifico altri tipi di pane arricchiti con cereali differenti. La fatica vera e propria consiste nel lavorare durante le ore notturne, quando buona parte del mondo riposa. Ma dopo tanti anni trascorsi così, ci si fa l'abitudine e si gustano i piaceri della notte. Ad esempio i rumori più limpidi, il tonfo delle forme sulle assi di legno, messe a riposare prima di essere infornate. Il profumo del pane cotto che invade tutta l'aria e i vestiti. I capelli sono spolverati di bianco, la pelle delle mani, intrisa di pasta, è tesa e arida come quella di un ceramista. Sì, considero questa professione un'arte. Dipende da me la buona riuscita del prodotto, dalla mia capacità di valutare la scelta della farina, l'umidità dell'aria e quindi la quantità di acqua da utilizzare, la temperatura del forno, la cura di tutto ciò che entrerà nel corpo di colui che gusterà infine questo cibo. Potrà sembrarvi delirante ma, una notte, io e i miei fratelli decidemmo di personalizzare le forme secondo i clienti cui erano destinate.

Ettore, l'edicolante, passa da noi prima di aprire il negozio. Per lui preparammo una forma rettangolare e con dei piccoli salamini di pasta scrivemmo sul bordo in alto: "Il Mattino". Con i semi di papavero, riproducemmo le righe orizzontali dei caratteri di stampa.

Per la signora Marta, che ha quattro figli e viene a prendere il pane appena sveglia, prima che il marito esca di casa, modellammo degli animaletti a forma di lumaca, di coniglietto, di pesciolino e di fiore. Ci ringraziò immensamente perché ai suoi piccoli e impegnativi bambini sarebbero piaciuti più degli snack poco sani che portavano a scuola per merenda.

Al farmacista, sempre attento all'alimentazione, forgiammo una croce al cui centro era disegnato il bastone di Asclepio, l'antico simbolo associato alla medicina, rappresentato da un serpente attorcigliato alla verga, composto di semi di sesamo, i quali, si sa, sono utili per la prevenzione delle malattie cardiache.

Un sabato sera, dato che era giorno di riposo, mi trovai proprio a casa del farmacista per giocare come al solito a poker con altri due amici. Nella semioscurità della tavernetta, consumavo il mio unico svago e quella sera girava bene per me. Il farmacista, col tono piccato di chi sta perdendo, prese a pungolarmi sul mio lavoro: "Certo che tu e i tuoi fratelli avete passione per la vostra attività.

Oggi avete sfornato quelle opere d'arte... sono certo che anche senza il forno, riuscireste a cavarvela, magari in un museo. Chissà cosa fareste senza il panificio? Perché non ce lo giochiamo con la prossima mano? Il vostro panificio contro la mia farmacia". Quella sera vincevo, le carte erano dalla mia parte, complice il whisky o la stanchezza, così accettai la sfida. Avevo un tris di re, mi sentivo imbattibile. Avete presente quelle giornate in cui nulla può andare storto? È l'istinto a guidarti. Niente e nessuno può batterti. Andai a vedere le sue carte. Le prime tre che girò, erano tre donne. Io risposi alla maniera dei giocatori di poker: "non mi basta" e gli feci vedere i tre re. Pregustavo la vincita ma lui girò le ultime due carte che aveva in mano, erano due assi. Full di donne. Avevo perso.

Tornando a casa, all'alba di quella domenica mattina, non pensavo a come dirlo alla famiglia, pensavo a come riprendermi la proprietà, non più mia, prima della firma dal notaio. Organizzai per la sera stessa un nuovo incontro di poker. Se vincevo mi sarei ripreso il forno e la farmacia, se perdevo, avrei ceduto la casa.

Eravamo all'ultima mano. Sudavo freddo ma avevo capito il modo di bluffare del mio avversario. Quando non aveva carte buone, gli tremava la palpebra destra. Spizzicai lentamente le mie carte partendo dall'angolo sinistro. Un asso, un altro asso, tre assi. Un re. È fatta mi dissi. "Vedo". Il farmacista, col sorrisetto stampato in faccia, stava per calare le carte. Mi distrasse per una frazione di secondo un odore familiare ma fuori luogo. Un profumo di caffè. Entrò nella mia visuale una donna con una vestaglia rosa e un vassoio con due tazze di caffè. Si chinò verso il farmacista, la guardai, era mia moglie! Mi avventai sul farmacista, lo afferrai per il colletto e gli urlai: "No! Ti sei preso tutto, non ti concedo anche mia moglie!". In quel momento aprii gli occhi e mi trovai nel mio letto, la tazza di caffè fumante sul comodino. Sudato e ansimante mi guardai intorno e realizzai di aver sognato tutto, fin dalla prima partita a poker. Mia moglie si affacciò alla porta e chiese: "Mi hai chiamata? Sei tutto sudato. Sei sicuro di stare bene? Forse è il caso che vada a prenderti qualcosa in farmacia".

IL SEGRETO È NELL'ACQUA!

La vita, con lui era stata bizzarra fin dalla nascita. Era venuto al mondo il giorno più corto dell'anno, quando sole e luna, perfettamente bilanciati, si passano il testimone e la luce prende il sopravvento sulle tenebre. Si era affacciato alla vita con prepotenza. Era uscito dal ventre di sua madre mostrando il viso, non l'apice della testa come gli altri neonati. L'atteggiamento fiero, la piega innaturale del collo, avevano fatto tremare di paura la levatrice, che aveva assistito tutti i parti del paese degli ultimi vent'anni e non aveva mai visto nulla del genere.

"È un maschio e sarà una persona di carattere, forse un grande ricercatore. Si è rivolto al mondo, accogliendo ciò che lo circonda, sprezzante del pericolo. Come hai deciso di chiamarlo?"

"Nel momento in cui il suo corpo ha lasciato il mio ventre, ho sentito una mano sul mio capo e l'anelito caldo di un nome sussurrato all'orecchio… Adorabile."

La levatrice ripulì quel corpicino dalle fatiche del parto e lo adagiò sul seno della madre.

"Steve, il capo ti vuole nel suo ufficio."

"Un attimo, cazzo!"

"Se fossi in te non lo farei aspettare troppo. Guai in vista!"

Steve abbandonò il capo all'indietro, portando le mani sul volto: "Così non si arriva da nessuna parte."

Rientrando a casa in taxi, attraversando le luci e i rumori spasmodici di New York, passò in rassegna la lunga giornata di lavoro, il tramestio doloroso dei ritmi imposti fin da quando apriva gli occhi al mattino, per terminare solo quando si addormentava la sera, e a volte neanche allora. "Sarà la crisi dei quaranta" gli venne da pensare.

Non vedeva il mare da più di un anno. Spesso si svegliava la mattina con una donna accanto, di cui non conosceva il nome. Non sentiva gli odori della sua infanzia, trascorsa nel Midwest, dove i nonni avevano una fattoria e dove da mattina a sera, nell'aria aleggiava il profumo del fieno.

"Devo prendermi una pausa, così non si arriva da nessuna parte", continuava a essere il suo mantra.

Giovedì 11 luglio 2011.

Dopo aver visitato Firenze e Napoli, passando da Roma, eccomi all'imbarco per Ischia. Mi aspetta un po' di relax alle terme, lunghe passeggiate, panorami mozzafiato. L'Italia non delude mai. Buon cibo, belle donne, popolo allegro. Saresti dovuto partire con me, amico mio. Ti prego, nella tua prossima mail non parlarmi di lavoro o sarò costretto a chiudere i contatti, fino al mio rientro. Ti abbraccio. Steve.

Aveva inviato la mail aveva affittato una stanza nel piccolo borgo di Sant'Angelo. La padrona, cortese e molto mediterranea nelle forme del corpo, lo aveva accolto con il calore tipico della gente del sud, facendogli trovare sulla tavola un cesto di frutta di stagione. Si era immerso nelle acque termali, aveva respirato i profumi floreali dei giardini Mortella, aveva nuotato nel mare d'Ischia, si era mescolato ai turisti che affollavano le stradine del porto. I gadget colorati e divertenti, erano la sua passione. Una mattina presto, aveva preso un pulmino che lo avrebbe portato nella località di Forio, ma, dopo qualche svolta sulle colline, un guasto meccanico aveva costretto lui e i pochi passeggeri seduti, a scendere, per aspettare l'autobus successivo. Il sole era ancora basso, l'aria frasca, decise di incamminarsi a piedi per assaporare meglio i colori e gli odori della macchia mediterranea.

Si era imbattuto così in un delizioso borgo, quasi disabitato. Aveva cercato un bar, senza successo. Uscendo dal paesino, una deviazione del sentiero portava verso l'alto a un piccolo cimitero. Ne fu subito attratto. Percorse le due curve dolci che salivano al cancello in ferro. Un'anta era accostata, l'altra completamente aperta. Di fronte a lui, una piccola chiesa dall'intonaco bianco, era intitolata alla Vergine Maria. L'interno, scarno ed essenziale, richiamò alla sua memoria la chiesa di campagna in cui abitavano i nonni, sebbene l'architettura fosse di tutt'altra specie. Uscì quasi subito, la sua attenzione era diretta al percorso interno del piccolo cimitero imbiancato a calce viva. I loculi erano separati in blocchi da sei a nove tombe, allineate in tre piani di altezza. La luce del sole cominciava a insinuarsi prepotente fra le stradine, proiettando sul sentiero solo le ombre oblique dei muretti bassi. Camminava rapito dalle scritte semplici, a volte tracciate con inchiostro nero, quasi sbiadito dal sole e dagli anni, recanti appena il cognome, il nome e le date di nascita e di morte. Gli piaceva fantasticare sulla vita di quelle persone. Ecco lì, il ritratto in bianco e nero di un uomo con i baffi sottili e lo sguardo severo, poteva essere stato un contrabbandiere. Oppure là, in basso, un loculo con la foto di due fratellini morti ad appena un anno di vita: sicuramente una malattia infantile in un'epoca senza vaccini. La maggior parte delle famiglie portava il medesimo cognome, Scotti. Giunse a un promontorio da cui si scorgeva il mare. La vista era fantastica, la quiete del posto lo fece riflettere sulla bellezza della natura a cui non manca niente per essere perfetta. Scattò alcune foto, l'incontro tra cielo e mare era uno sposalizio di colori che voleva portare con sé anche quando sarebbe stato lontano da quel luogo incantato. Trasalì sentendo una voce, ne seguì il suono. Da quando aveva lasciato la Grande Mela, i suoi sensi si erano acuiti. Giunse ai piedi di una lapide, un'anziana donna stava spolverando con cura la fotografia e rinnovando l'acqua della fioriera, senza smettere di parlare. Si fermò a qualche passo. Poteva leggere l'iscrizione "Scotti Adorabile 1912-1999". Fece un rapido calcolo, la donna poteva essere una figlia o anche la moglie del defunto.

"Buongiorno"

"Bongiorn"

"Mi scusi se la interrompo, io cercavo un bar in paese ma non l'ho trovato. Poi ho visto questo luogo incantato e mi sono intrufolato, per curiosità, non volevo mancare di rispetto."

"Sit merican?"

"Yes, cioè sì, sono americano, wow! Avete capito subito. Questo signore era vostro marito?"

"Signore ce ne sta uno sulo. No, non era mio marito, era un uomo che ha fatto tanto bene a tutt quant, quann era vivo."

Avevo imparato a comprendere alcune frasi semplici anche in ischitano, ma la prima parte della frase proprio non l'avevo capita. La donna, vestita in modo semplice ma decoroso, portava i capelli grigi, legati in una treccia arrotolata dietro la nuca. La pelle del viso, solcata dal sole e dalle fatiche della vita, era la sua carta d'identità. Gli occhi avevano superato la barriera del tempo. Mi scrutò da capo a piedi, facendomi quasi sentire in imbarazzo, al punto che stavo per salutare e ringraziare.

"Vulite 'o cafè?"

"Yes, cioè sì. Dove posso trovare un bar?"

"Venite cu'mme"

Senza capire molto, immaginai volesse indicarmi la strada e la seguii.

Tornati sulla via del paese, raccolse sul ciglio un fascio di fieno legato da uno spago. Mi affrettai a prenderlo io, in segno di cavalleria e lo caricai sulle spalle. Sentii quell'odore fresco e pungente, carico di aromi presi in prestito dalla terra, dal sole e dalle mani che lo avevano tagliato e sistemato con tanta cura. Arrivammo alla casa della donna, mi fece cenno di lasciare la paglia vicino all'ingresso e mi disse: "Trasite." Conoscevo bene questa parola, la sentivo ogni volta che mi avvicinavo a un ristorante, la sera. La signora andò spedita verso la cucina e prese dal colapiatti una sorta di piccola teiera senza beccuccio, su cui era avvitata un'altra teiera, provvista di beccuccio, che non avevo mai visto prima di allora, e cominciò ad armeggiare. Dovette capire dal mio sguardo che non sapevo cosa stesse facendo. Per la prima volta mi sorrise e mi disse: "Caffè. Se voi non avere fretta, io preparare caffè napulitano."

"Ok! Wonderful, no fretta, sono in vacanza."

"O' ver? Voi parlate bene italiano."

"Grazie, grazie, mi arrangio. Mi chiamo Steve", feci porgendole la mano.

"Tanto piacere. Rosa Scotti."

"Oh, qui molti si chiamano Scotti, anche quel signore dove mettevate i fiori prima."

Finì di armeggiare con quella che capii in seguito essere la caffettiera napoletana e mi fece cenno di sedermi al tavolo dove mi raggiunse, dopo aver preso un cesto di fichi per offrirmeli.

Io che sono ghiotto di frutta, non me lo feci dire due volte.

"Vedete, già prima vi ho detto che per noi di Signore ce n'è uno solo e sta in Cielo."

Ora capivo il senso della frase. Quindi continuò: "Adorabile era nato qui, nella casa dirimpetto a questa. Non si è mai spostato dal paese, non aveva la televisione, non aveva la macchina, eppure sapeva tante cose che i giovani d'oggi, con tutti gli studi che fanno, non arrivano a sapere. Scusate un momento."

Si avvicinò ai fornelli, da un forellino a lato della caffettiera usciva un rivolo d'acqua. Rosa spense il gas, afferrò entrambi i manici e capovolse lo strano arnese, cosicché il beccuccio che si trovava in alto, passò in basso, nella posizione giusta per versare il liquido. Poi prese un rettangolo di carta da un foglio di giornale, lo arrotolò sapientemente e ne fece un cono con la punta ripiegata.

"Ecco fatto!", esclamò dopo averlo adagiato sul beccuccio.

"Stavo dicendo? Ah sì. Adorabile era conosciuto in tutta l'isola e anche fuori. Era nato il 21 dicembre del 1912. Era luna piena. Venne al mondo con la faccia avanti. Me lo raccontava sempre la zia mia che aveva fatto nascere tutti i bambini del paese e pure Adorabile. Adesso il paese voi lo vedete così, i giovani hanno abbandonato le case, ma una volta qui ci stavano tante creature che voi non ve le sognate! Adorabile fece la prima stranezza all'età di un anno. La mamma lo portava in campagna, lo lasciava in un cesto all'ombra di un albero e, mentre lei lavorava nei campi, il bambino dormiva. Quando si svegliava, gli dava un poco di latte, la frutta fresca e quello giocava con un fazzolettino di tela arrotolato, con dentro dello zucchero. Come fosse una caramella da succhiare. Un bel giorno, la mamma si avvicina al cesto, sentendolo sveglio. Pensava di trovarlo a giocare col fazzoletto e invece che trova? Una biscia lunga distesa sul bordo del cesto e il bambino che l'accarezzava e faceva suoni come se parlasse con l'animale. Quella povera donna, se non morì allora, poco ci mancò. Si mise a gridare, arrivarono altre persone, con un bastone, presero la biscia e l'ammazzarono. Adorabile pianse tutta la notte. Man mano che cresceva, continuava a dare segni di stranezze verso gli animali. Una volta fece resuscitare una capra che si era accasciata all'improvviso, non respirava più. Prese una canna di bambù, gliela mise in bocca e cominciò a soffiare finché la capra aprì gli occhi e come se niente fosse tornò a pascolare con le altre. Intanto cresceva, aiutava nei campi e raccoglieva delle erbe che nessuno conosceva. Al momento giusto, capitava che una persona si sentisse poco bene, o una creatura…"

"Cosa significa creatura?"

"Significa bambino. Se un bambino accusava mal d'orecchie, ecco che Adorabile faceva bollire la tale erba e la stendeva sulla parte dolorante, dava da bere l'acqua bollita per un mal di pancia o faceva venire il latte alle mamme che l'avevano perso per uno spavento. Dovete sapere che a quei tempi ci stava un solo medico su tutta l'isola, al servizio dei nobili. I contadini e i pescatori si arrangiavano come potevano, per fortuna c'era lui e non chiedeva mai soldi. Era nato con la capacità di curare, la metteva al servizio di tutti, come fosse un dono per la comunità. Non aveva mai studiato sui libri. Non ne aveva bisogno. Aspettate un momento…"

Si diresse verso i fornelli, svitò la parte superiore della caffettiera, versò dello zucchero e vi girò dentro con un cucchiaino. Tornò al tavolo con due tazzine da caffè adagiate su un vassoio in acciaio e la caffettiera chiusa da un coperchio. Solo allora liberò il beccuccio dal cono di carta e versò il liquido profumato e fumante nella tazza.

"Favorite."

Mi venne istintivo chiudere gli occhi per inspirare l'aroma sprigionato. Lo stupore ancor maggiore fu assaporarne il gusto tondo, vellutato come una carezza tra lingua e palato.

"Rosa tu sei la Regina del caffè napulitano!" E così dicendo mi alzai, le afferrai le esili spalle e le diedi un bacio sulla guancia.

"Vedete che sono sposata, non ci possiamo fidanzare", fece Rosa canzonandomi.

"Questo è un vero peccato! Ma raccontami ancora di Adorabile, ti prego."

Lei mi versò dell'altro caffè e riprese.

"La voce si sparse per tutta l'isola e anche fuori. Un giorno arrivò un'automobile da Napoli. Era una coppia di giovani sposi, ricchi assai. Erano stati dai migliori medici ma non riuscivano ad avere un erede. Adorabile toccò le mani dell'uomo, gli disse di mangiare tutte le mattine un limone con del sale per una settimana. Alla donna consigliò di cospargere il ventre tutte le sere con del miele che aveva raccolto con le sue mani sulla montagna qui di fronte. Il bambino sarebbe nato nel mese di maggio, l'anno seguente. E così fu. L'anno dopo tornarono con la creatura in fasce. Chiesero ad Adorabile di fare da padrino e gli offrirono dei soldi. Lui li prese e li distribuì alle famiglie dei contadini bisognosi. Ecco, era così. Non teneva niente per sé. Diceva che lui era stato fortunato, che non gli mancava niente. Se ne andò una mattina, uscì per andare a prendere le erbe medicinali sulla montagna. Lo trovarono sotto un ulivo. Pareva che dormisse, talmente era bello e sorridente."

"Non hai nessuna foto da mostrarmi?"

"Quella sulla lapide è l'unica foto, scattata da un giornalista americano come voi, in cerca di storie paesane da scrivere sul suo giornale."

"Mi sarebbe piaciuto conoscerlo."

"E tu saresti piaciuto a lui. Sei un bravo giovane. Pigliati ancora un poco di caffè, intanto ti racconto ancora qualcosa sulla vita del nostro "adorabile" paesano…"

Trascorsi la giornata in compagnia di Rosa, pranzammo insieme e quando andai via mi regalò la caffettiera napoletana. Per quanto mi ostini a comprare su internet marche di caffè italiane, non sono mai riuscito a ottenere il gusto del caffè bevuto quel giorno. Lo diceva Rosa, il segreto è nell'acqua!

(Racconto pubblicato nell'Antologia Premio Dragut 2017)

UNA NOTTE DA SOGNO

Ancora una volta i programmi tv sono deludenti, non c'è mai un film in prima visione, mai qualcosa di interessante. Vero è che alla mia età, specie i venerdì sera, i ragazzi sono nei locali, anzi, fuori dai locali della movida, a sorseggiare i loro drink, scambiando battute, risate e perché no, occhiatine furtive qua e là, alla ricerca della ragazza più carina. Mangio un panino appallottolata sul divano nella coperta di pile che mi accompagna da mesi. C'è quella serie tv in cui una sensitiva entra in comunicazione con gli spiriti dell'aldilà, diventati angeli. Non è poi così male, se sommiamo la voglia di uscire pari a zero, la stanchezza della settimana, la birra che accompagna questo gustoso panino burro e alici, un po' di staticità non guasta. Il cellulare suona: è un messaggio. Fremo nella speranza che sia il ragazzo del portone accanto con cui scambio sorrisi da almeno tre anni senza mai concludere niente e, infatti, non è lui. È la mia collega Anna, ma che vuole a quest'ora? Avrà dimenticato qualcosa in ufficio e ora chiede se ce l'ho io. No, no, mi chiede di andare ad un party, dice che oggi non ha avuto il tempo di informarmi. Il suo ex dà una festa. Parte per gli States, ha trovato lavoro in una multinazionale e vuole salutare gli amici. E io cosa c'entro? Anna vuole andare, è ancora imbarcata di lui, solo che arrivare lì da sola è da sfigati. Ecco. Ora mi tornano i conti. Ha bisogno del mio aiuto. Dice che non è così. Che lì c'è bella gente, che bla, bla, bla... va bene. Cedo per sfinimento, l'accompagnerò a quella festa. Non posso dire di essere un fiore. Dovrei lavare i capelli ma è tardi, Anna passa a prendermi tra mezz'ora. Farò una doccia rapidamente, indosserò i jeans, la camicetta nera, scarpe, guanti, cappotto, via, sono fuori di casa.

Arriviamo al villino di Luca, c'è già tanta gente, naturalmente con il drink in mano. La musica è altissima, riesco a stento a sentire il suo nome quando Anna fa le presentazioni. Mi guardo un po' intorno, non mi sembra di conoscere nessuno. Anna intanto è sparita, sono ferma tra la porta della sala e la cucina indecisa sul da farsi. Questa è l'ultima volta che mi lascio convincere. Lo sapevo che finiva così, accidenti. Se avessi la mia auto me ne andrei. Non mi resta che avvicinarmi al tavolo del buffet. Un tizio alle mie spalle mi urta e mi fa schizzare sulla camicetta il vino bianco. Un ragazzo che ha visto la scena si avvicina, mi porge un tovagliolo di carta e mi chiede se ho bisogno del bagno. È un amico d'infanzia di Luca, conosce bene la casa. Si chiama Fabio, è un ragazzo dalla carnagione chiara e luminosa, potrebbe essere mio coetaneo. Ha capelli biondi che scendono in boccoli sulla fronte, denti bianchissimi, occhi nocciola e una piccola cicatrice a forma di mezzaluna vicino all'angolo destro della bocca che gli dona un'aria intrigante ogni volta che sorride. Se non fosse per quella piccola imperfezione, penserei di essermi imbattuta in una creatura celeste. Mi racconta un po' dei suoi trascorsi infantili in quella casa, il suono della musica è talmente alto che decidiamo di infilarci i cappotti e continuare la conversazione in giardino. Le ore trascorrono piacevolmente senza che me ne accorga. Tra noi non c'è il minimo imbarazzo, ci raccontiamo le nostre storie, ridiamo, beviamo vino per scaldarci il corpo, ma i nostri sorrisi d'intesa scaldano l'anima. Sono quasi le due di notte quando ricompare Anna, abbracciata alla vita di Luca, almeno venti centimetri più alto di lei. Non so se detestarla perché arriva a rovinare un momento magico, o ringraziarla per avermi dato la possibilità di conoscere questa specie di Cherubino caduto sulla Terra per caso. Se non fossi uscita, a quest'ora avrei almeno due ore di sonno alle spalle e il solito senso di vuoto al risveglio. Alla fine dei conti devo ringraziare Anna e il suo egoismo se posso salutare Fabio e dargli appuntamento al lunedì successivo per una serata al cinema. Avrò tutto il week end per sistemare i capelli, scegliere l'abbigliamento adatto e sognare questo incontro.

Il lunedì mattina, in ufficio, Anna mi chiede notizie del ragazzo che ho conosciuto alla festa.

Le racconto del legame tra Fabio e il suo ex fidanzato e dell'appuntamento previsto in serata. Cinque minuti dopo, torna da me trionfante a comunicare che verrà anche lei al cinema con Luca. Le chiedo se tra loro sia scoccata nuovamente la scintilla e lei risponde candidamente che la sera scorsa si sono detti addio e che guardandosi intorno aveva trovato persone più interessanti. Torna in me quel misto di rabbia e odio. Perché non riesce a capire quando è il momento di farsi da parte? E soprattutto, perché io mi ostino a raccontarle vicende che riguardano me soltanto, pur conoscendo la sua scarsa discrezione? Incredibilmente Anna riesce a pilotarmi in situazioni in cui non vorrei stare. Troppo tardi, l'appuntamento è alle 21.00 davanti al cinema in cui io arriverò con Anna e Fabio col suo amico Luca.

Appena il tempo di salutarsi e di prendere i biglietti e subito la mia collega mostra interesse verso il ragazzo dai trucioli d'oro che io ho conosciuto alla festa. Tenendo fede alla numerazione delle poltrone assegnata dalla biglietteria, mi ritrovo seduta all'estrema destra della fila, accanto a me Luca, quindi Fabio e ultima Anna. Provo a modificare la disposizione dei nostri posti con la scusa di avere davanti una persona alta, senza successo. Così lontana da me, penso a quali strategie seduttive adotterà quella strega, senza che io possa minimamente controllare la situazione. Accanto a me, il suo ex tenta di impressionarmi aprendo la coda da pavone. Mi parla degli incarichi manageriali che andrà a ricoprire in America, delle sue capacità professionali di cui a me non importa un fico secco. Il film ormai è iniziato, i giochi sono fatti. Spero almeno che Luca taccia e provo a gustarmi il film. Di tanto in tanto, sento la risata esagerata di Anna ad alcune scene del film e il suo bisbiglio di cui non riesco a cogliere nessuna parola. Chissà con quali argomenti starà tentando di attirarlo a sé? Mentre il mio cervello macina fantasie su come sbaragliare la mia rivale, il film giunge alla conclusione e mi accorgo di non aver capito nulla di ciò che è passato sullo schermo. Le luci della sala sembrano essere collegate alla bocca del mio vicino, che riprende a dire spiritosaggini di ogni genere. Naturalmente Anna è l'unica che ride.

Usciti dal cinema decidiamo di andare a bere qualcosa tutti insieme (evviva...) in un pub poco distante. Intanto, camminando, si avvicina Fabio e mi chiede se il film mi è piaciuto. Sollevando un angolo della bocca gli rispondo di sì, poi tutto accade in un baleno. Ad un passo da noi si ferma un autobus. Fabio mi prende per la mano e mi fa letteralmente volare attraverso le porte che si chiudono dietro di noi. Ho appena il tempo di realizzare l'accaduto, mi volto verso il finestrino e saluto con un cenno della mano la coppia di disturbatori rimasta a terra. Io e Fabio cominciamo a ridere a crepapelle, le facce incredule dei nostri amici si allontanano e noi tiriamo un sospiro di sollievo.

"Volevo restare solo con te, questa mi è sembrata l'unica soluzione."

Dopo un paio di fermate scendiamo dall'autobus e prendiamo un viale alberato ai margini della strada. La luce gialla dei lampioni illumina le nuvolette di vapore che escono dalle nostre bocche. Percorriamo in silenzio un centinaio di metri poi Fabio si ferma, mi guarda e dice: "Tu credi nei messaggeri?"

Lo guardo come se lo conoscessi da sempre e rispondo di sì. "Allora devi solo affidarti a me e lasciarti consigliare". Lo ascolto con interesse, eppure conosco già il messaggio che mi vuole riferire. Fabio continua: "Sono stato inviato da te per donarti la serenità che fatichi a trovare."

"Allora sei un Angelo, non mi ero sbagliata?"

"Sì, il termine Angelo è desueto, ci definiamo 'Comunicatori Celesti', tuttavia il senso è lo stesso. Ho potuto rendermi visibile solo perché tu hai desiderato che accadesse. Quello che devi fare è semplicemente seguire le tue inclinazioni naturali. Il lavoro che svolgi non ti rappresenta. Se farai ciò che sognavi di fare fin da bambina, la vita prenderà slancio e tu smetterai di essere malinconica."

"Ma io..." provo a protestare, ma sono assalita da un tremendo capogiro, sento il mio corpo volteggiare come nell'occhio di un ciclone, apro gli occhi, mi guardo attorno e mi ritrovo sul bordo del divano a un passo dal cadere sul pavimento. Era un sogno, eppure sembrava tutto così reale! Accendo il cellulare, sono le tre e un quarto di notte, non compare nessun messaggio, era solo un sogno.

Il mattino seguente mi sveglio carica di energia. Indosso le scarpe da ginnastica e corro nel silenzio del parco, attraverso l'aria fredda. Le foglie umide si appiattiscono sotto le mie scarpe, il respiro e il battito cardiaco danzano all'unisono. Lo strato sottile di vapore che accarezza le acque del fiume mi fa dubitare ancora di essere sveglia. L'acqua che scorre non è visibile, eppure ne sento il rumore. Presto i raggi del sole scioglieranno l'incanto e tornerà la realtà delle cose. I miei ricordi d'infanzia sono leggeri e impalpabili come quello strato di vapore. Se non li catturo in questo momento, potrei perderli alla luce del sole.

Sono ad Assisi con la mia famiglia. Devo avere una decina d'anni. Entriamo nella Basilica di San Francesco, nella parte inferiore. Mia madre mi porge un foulard e mi dice di indossarlo in testa. Ci sono delle impalcature su una parete interna. Alcuni uomini e donne, vestiti con tute bianche e una mascherina sulla bocca, armeggiano con pennelli e misture segrete sulle pareti affrescate. Rimango rapita a guardare la minuzia di quell'operato col naso in su. Non so per quanto tempo perché d'un tratto mi sento afferrare per un braccio da mio padre che mi rimprovera per non averli seguiti. Ora ricordo. È stato allora che ho desiderato prendere parte alla ricostruzione delle opere storiche. Siano esse dipinti, libri, mobili antichi, non importa. Riportare in vita l'opera di un maestro dell'antichità equivale a forgiarla con le proprie mani, per restituirla agli occhi delle persone.

Non è ancora troppo tardi. Mi iscrivo a un corso da restauratore. Con mia grande sorpresa, supero le selezioni sulla sola base delle mie conoscenze artistiche e mi classifico ottava. Per un anno frequento la sera, lavorando al mattino. Passo il tempo libero a studiare chimica e arte. Un mese fa ho ottenuto il mio primo incarico, il restauro di una pala d'altare nella cappella di un palazzo nobiliare di Ferrara. Mi sono trasferita lì, per il momento ho chiesto l'aspettativa al mio precedente datore di lavoro, ma sento che questa è la strada da seguire. Il mio Messaggero aveva ragione, ho ritrovato l'ottimismo, la fiducia in me stessa e sono attorniata da persone gradevoli. Forse non era un sogno. Ieri è arrivato un collega che somiglia tantissimo a quel ragazzo. Quando l'ho visto sorridere e increspare la piccola cicatrice a forma di mezzaluna all'angolo della bocca, non ho avuto dubbi. Gli Angeli esistono.

LA PARTENZA

La sveglia suona alle 3.30. I bagagli sono pronti già da due giorni. Una valigia è completamente destinata ai regali per mamma, papà, nipotini, fratello e chiunque passi da casa a darci il bentornato. L'altra, più piccola, è per me e Lara.

"Tesoro svegliati, ricordi? Devi accompagnarci all'aeroporto."

"Sì lo so ma è ancora presto, stanotte ho finito di lavorare all'una, ancora cinque minuti e mi alzo."

"Va bene, intanto preparo il caffè e sveglio Lara."

L'aereo parte alle 7.15. Da qui occorre un'ora abbondante per raggiungere l'aeroporto di Malpensa. Intanto mi avvicino al lettino di Lara, convinta di trovarla ancora abbracciata al suo Teddy, con le labbra socchiuse e il respiro leggero. Invece è seduta sul letto, mi sorride e mi dice: "Mamma prendiamo l'aereo? Andiamo dai nonni?"

Lara non smette mai di sorprendermi, non ha ancora compiuto tre anni ed è attenta a tutto ciò che avviene intorno a lei, anche quando sembra indifferente.

Il caffè è pronto, Mario ancora no.

Torno a letto, mentre Lara fa colazione e chiamo con voce lieve mio marito. Il suo respiro è più forte del mio tono di voce. Sono costretta ad aumentare il volume ma non ottengo risultati. Sono già le quattro. È un volo internazionale, devo arrivare con un anticipo di almeno un'ora e mezza. Se continuo ad alzare la voce, finirò per svegliare i vicini di casa. Con un gesto deciso, tiro giù le coperte. Finalmente il brivido di freddo che lo sorprende gli fa aprire gli occhi e chiedermi che ora si è fatta. Mario ora siede tranquillo a fare colazione, caffè e sigaretta, i bagagli sono in auto e noi pure. Dopo mezz'ora di cammino ci fermiamo a fare benzina: "Perché non l'hai messa ieri?

Sapevi che oggi sarebbe stato rischioso perdere tempo. Quest'autostrada è sempre trafficata!"

"Eh sì, ma ho lavorato fino a tardi e poi, in autostrada la benzina costa meno."

Giuro che se riuscirò a prendere quest'aereo, m'iscriverò a un corso di yoga. Anche se lo perderò.

Trascorre un'altra mezz'oretta e siamo nuovamente all'autogrill.

"Adesso devi lavare il parabrezza?"

"No, ho bisogno di un altro caffè. In fondo ho dormito solo due ore!"

Siamo nuovamente in corsa verso l'aeroporto. Già perché tra le soste, il timore degli autovelox e la nebbia a banchi, mancano venti minuti allo scadere del *check in*.

Finalmente arriviamo al parcheggio. Mario non vede le aree di sosta temporanea. Pazienza, lasciamoci qui, davanti alle partenze. Baci veloci, scatti bruschi per prendere le valige. Lara davanti a me, con il suo zainetto rosa sulle spalle.

"Tesoro adesso tu ed io, facciamo una corsa fino a quella signorina col cappello blu."

"Va bene mamma, corriamo."

Siamo sole, Lara ed io, davanti allo sportello del check-in e questo non è un buon segno.

"Spiacente signora, l'ultima chiamata per il suo volo è stata fatta quindici minuti fa. Lo sportello è chiuso. Se avesse fatto il check-in a casa o in agenzia l'avrei fatta passare, ma ormai è tardi."

Provo a spiegare che c'è una bimba piccola, che arriviamo da un'altra città. L'impiegata è irremovibile. Credo di avere esaurito le mie capacità di convincimento e d'un tratto mi sento sfibrata.

Telefono a Mario e gli spiego l'accaduto, così almeno può rendersi utile tornando a riprenderci in aeroporto.

Saliamo in auto, apro la bocca solo per telefonare a mio padre e dirgli che il volo è stato annullato e sento la vocina dolce di Lara chiedere: "Mamma non prendiamo più l'aereo?"

"No tesoro, l'aereo è rotto."

Arriviamo a casa, prima di entrare apro la cassetta delle lettere. Al suo interno trovo la brochure di un corso yoga. Lo prendo in seria considerazione, per il benessere familiare.

LA LEGGEREZZA

Vivo in questa casa da quando sono nato, cioè otto anni. Al mattino ho l'abitudine di passare in panetteria prima di andare a scuola e prendere un trancio di focaccia per l'intervallo. O meglio: avevo. Il dottore, uno nuovo, che non fa le punture e non ti fa aprire la bocca per infilarci quella paletta di legno che provoca il vomito, ha detto alla mamma che devo dimagrire.

"Dovrai mangiare più frutta e verdura, niente bibite, pochissimi dolci." Così ha detto il dottore.

Da quel giorno la focaccia è stata sostituita da un'arida merendina alla carota e un succo di frutta ACE. Il primo giorno che l'ho addentata, ho seguito il consiglio del mio compagno: "Chiudi gli occhi e immagina di mangiare la focaccia." Ho chiuso gli occhi, ho scartato l'involucro trasparente e ho immaginato di stringere tra pollice e indice la morbidezza dell'impasto giallino, con i buchi in superficie intrisi di olio e quel profumo di buono che si fa largo prepotentemente nelle narici. Da lì si espande un vortice fino allo stomaco, deve assomigliare ai famosi buchi neri di cui parlano gli scienziati perché risucchia tutto ciò che avvicino alla bocca. Peccato che non abbia funzionato con la brioche alla carota. Era appena entrata nelle fauci che già litigava con la lingua che non ne sentiva il gusto, con i denti, che non ne volevano sapere di masticarla. La saliva, che fino ad allora non era stata scomodata, visto che l'olio faceva da lubrificante, non capiva che ruolo dovesse avere. Risultato: se non avessi bevuto un po' di succo, sarei morto soffocato. "Ecco come farò a dimagrire... mangerò le cose buone e sane che mi ha detto il dottore, non riuscirò a ingoiarle e morirò, senza nemmeno sapere chi vince il campionato di calcio. Sulla mia lapide scriveranno: *qui giace Carlo Bernabei, un bambino morto di troppa salute.* No, non può finire così. Durante l'estate mi aspetta il torneo di ping pong, in cui sono imbattibile, e i favolosi arancini di mia nonna. Guardare una di quelle sfere perfette e dorate fa pensare a uno scrigno. Il contenuto è segreto, può accogliere il ragù con i piselli o il prosciutto col formaggio filante. Io so soltanto che mia nonna è la numero uno per gli arancini e li fa ancora più buoni quando arriviamo noi, perché sa che ci vediamo una volta l'anno. Non potrei mai deluderla rifiutando, per mangiare un gambo di sedano! Sarebbe come far vincere il Grammy Award a Gigi D'Alessio.

Se non fosse perché ho promesso alla mamma che avrei seguito la dieta, avrei già barattato la merenda di alcuni miei amici con le mie figurine introvabili dei calciatori. Mi ha intrappolato facendomi vedere su internet le foto dei bambini africani che muoiono di fame. Per ogni focaccia non comprata metterà da parte un euro, cosicché alla fine del mese possiamo spedire i soldi a uno di questi bambini per comprare il latte. "Quindi avrò un fratello africano?" le ho chiesto. "Certo, avrai tutti i fratelli che riusciranno a mangiare grazie alla tua rinuncia."

"Adesso non esageriamo. Non posso salvare da solo tutta l'Africa! Anche perché se la panettiera non vende più la sua focaccia, sarà lei a diventare povera." A queste parole, mia madre è scoppiata a ridere. Eppure non mi è sembrato di aver detto una cosa buffa.

A dirla tutta, non sono grasso. Mi penalizza il fatto di avere il viso rotondo e un po' di doppio mento. Per il resto, dice la nonna che ho l'ossatura grossa come papà e per questo non potrò mai diventare magro come Yuri, il mio vicino di casa.

Insieme alle rinunce alimentari, ho iniziato un corso di nuoto. Alla fine della lezione, l'istruttore ci fa tuffare dal trampolino. È la cosa più divertente che ci sia. Lo paragono a un lancio nello spazio. Immagino di essere su una navicella e di uscire a fare una passeggiata spaziale. Quando arrivo sott'acqua sono libero di muovermi in ogni direzione, il mio corpo è leggero come una farfalla, senza costrizioni. Sott'acqua il mio corpo è felice.

Alla fine del mese sono tornato dal dottore che mi pesa e mi misura come fossi un vitellino da vendere. Mi ha fatto i complimenti perché ho perso un chilo. Ho ribattuto: "Con un chilo in meno quanti fratelli africani ho adesso?"

"Non saprei, però continua così e prima delle vacanze estive non sarai più figlio unico." Questo l'avevo capito dalla pancia di mamma che sta aumentando, anche se lei vomita tutte le mattine. Presto avrò un fratellino o una sorellina, solo non riesco a immaginare se sarà bianca come me, o marrone come i bambini africani. Dovrò chiedere qualche chiarimento alla maestra, ne sa molto più dei miei genitori su come nascono i bambini.

NON FIORI MA OPERE DI BENE

Ogni mattina passo da zia Bettina prima di andare a lavorare. Abita in una via del centro di Piossasco, un vecchio stabile a pochi metri dal Comune in cui sono impiegata. La zia è vedova da molti anni e la sua unica figlia, Enrichetta, vive a Pietra Ligure. Prendiamo il caffè insieme, scambiamo due parole, porto giù l'immondizia e le chiedo se ha bisogno di qualcosa. La zia ha ottantasette anni e non esce quasi da casa. Questa mattina, dopo aver suonato al citofono e non aver ricevuto risposta, ho preso le chiavi di casa sua dalla borsa e sono salita. La zia giaceva immobile nel letto, come fosse addormentata. La chiamo. Le tocco la fronte. È gelida, il viso bianchissimo. Resto immobile per qualche minuto a contemplare il suo sonno e poi, con un groppo in gola, telefono a mio marito. "Nico vieni giù, la zia ci ha lasciati."

Cinque minuti dopo, siamo abbracciati in piedi, accanto al letto. "Chiamiamo l'ambulanza o la guardia medica? Che si fa in queste circostanze?" e scoppio a piangere. "Su, su se n'è andata come aveva desiderato, senza dar fastidio a nessuno e senza soffrire. Guarda che bel volto disteso."

"Questo non possiamo saperlo. Magari si è sentita male, ha chiamato aiuto."

"Ma no, che ti salta in mente? Si sarebbe alzata se stava male, l'avremmo trovata per terra. Ti dico che ha fatto la morte migliore, quella che tutti desideriamo."

Nico si allontana, mentre io resto in dubbio a guardare quel corpo inerte. Sento un rumore provenire dal ripostiglio, mi volto e vedo mio marito sulla scala intento a rovistare tra le scatole perfettamente allineate sugli scaffali.

"Che cosa stai cercando? Hai già chiamato il medico?"

"Aspettiamo a chiamarlo, anzi dammi una mano."

"A fare cosa?"

"A cercare."

"Sì, ma cosa?"

"Dai lo sai. La zia teneva sicuramente dei soldi in casa. Usciva solo per andare in banca."

"E a messa" rispondo piccata.

"Già, a messa. Pia donna! Ma in qualche posto deve pur aver nascosto i soldi che aveva per darli a te, per la spesa e le bollette o per tenerli di riserva per ogni imprevisto, compreso questo."

"Nico adesso basta! C'è il suo corpo ancora qui e tu pensi a trovare dei soldi che nemmeno ti appartengono? Mi vergogno di te!"

"Ah, perché appartengono forse a sua figlia, che viene qua una volta al mese, sta mezza giornata e non vede l'ora di tornare dal suo odioso compagno? E tu? Ti sei presa cura di lei, senza mai chiedere niente in cambio. L'hai portata alle visite, dal parrucchiere, dalla cugina di Mondovì e quella taccagna di una vecchia mai che abbia scucito un centesimo per la benzina. Quindi adesso stammi a sentire. Si fa come dico io. Cerchiamo questi benedetti soldi. Non fare la lagna. Non eri tu che volevi cambiare la cucina? Con i nostri stipendi da fame, la cambieremmo tra vent'anni!"

Si avvicina, mi cinge i fianchi. Io abbasso la testa. Non voglio essere sua complice. Mi tira su il mento con le dita.

"Non essere sciocca, non le stiamo rubando niente. Credimi, lei sarebbe stata contenta di darli a noi. Adesso muoviti dammi una mano."

Non sono del tutto convinta e con la fronte accigliata replico: "Nico, e se avesse detto a sua figlia Enrichetta dell'esistenza di questi denari, che figura ci faremmo?"

"Sei proprio una piccola ingenua. Neghiamo. Neghiamo tutto. Lascia fare a me. Adesso cerchiamo, prima che arrivi quella rompiscatole della vicina, la signora Torta o come diavolo si chiama a rovinarci la festa."

"Torcia Nico, Torcia."

Ci dividiamo le stanze e iniziamo a rovistare.

"Tu cerca nell'armadio, io vado in cucina."

"No Nico, non ce la faccio con la zia lì che sembra che mi osservi."

"Ma se è morta! Va bene, io in camera e tu in cucina. Ma facciamo piano, senza fare rumore", mi dice sussurrando.

Dopo pochi minuti mi batte su una spalla e mi mostra un sacco della spazzatura, trovato nell'armadio.

"Guarda! Astuta, la vecchia. Li ha nascosti in mezzo ai vestiti per la parrocchia, da donare ai poveri. Rotoli di banconote da cinquanta euro. Ci saranno almeno diecimila euro! Sono ovunque: nelle tasche delle giacche, nei pantaloni del povero marito, persino nei calzini. Tesoro quest'estate ti porto a Montecarlo", dice fregandosi le mani.

"E la cucina?"

"Fanculo la cucina, ce la spassiamo alla faccia della vecchia", e ride come un bambino.

Riponiamo i sacchi così come sono nel ripostiglio. Indossiamo la maschera a lutto e chiamiamo il medico, Enrichetta, Don Vincenzo e le vicine di casa.

Intanto che arrivano i vicini per le condoglianze, io preparo il caffè agli ospiti e Nico li riceve sulla porta. Ogni volta che qualcuno si avvicina per baciarlo, ripete come un mantra: "Era tanto buona la zia Bettina, ha fatto tanto bene alla gente" e mi lancia occhiatine furtive e sorrisi ammiccanti.

Sono le otto di sera. Siamo distrutti. Tra organizzare il funerale, dar retta alle persone e scegliere il vestito per la zia non c'è stato un attimo di pace. Salutiamo il signor Taddei e finalmente chiudiamo la porta.

"Tesoro, non c'è un attimo da perdere. Dobbiamo portare via i soldi, prima che arrivi Enrichetta."

"Ma ha detto che verrà domattina, sono stanca", provo

a replicare. Nico apre la porta del ripostiglio: "Oddio!!", esclama. Mi precipito verso di lui, immaginando chissà cosa, ma poi mi avvedo che è peggio di quello che pensavo. I sacchi sono spariti.

"Com'è potuto accadere?"

Nico ha gli occhi sbarrati. "Sei uscita? Hai lasciato la casa, dimmi?"

"Sì, sono passata da casa nostra a fare una doccia e cambiarmi gli abiti. Ma qui c'era la signora Torcia, mi fido di lei, sono certa che non ha toccato nulla."

Nico preme le mani aperte sulla faccia, di colpo sbiancata. Temo possa venirgli un infarto, lo metto seduto, gli porto un bicchiere d'acqua. Niente da fare, non si riprende. Guarda nel vuoto e ripete "Diecimila, diecimila…"

"Tesoro, ora smettila, così mi spaventi. Vieni, andiamo in chiesa al rosario, vedrai che li troviamo. Qualcuno li avrà spostati per prendere le sedie nel ripostiglio e…"

Mentre dico queste parole immagino la scena. La signora Torcia apre la porta per prendere le sedie e vede per terra i sacchi neri con un biglietto scritto dalla zia Bettina: *per la parrocchia*. Li apre e trova gli indumenti. Intanto arriva Don Vincenzo e la signora Torcia fa notare quanto sia stata previdente e altruista la zia. Il parroco chiama un ragazzo dell'oratorio e fa portare via i vestiti. Tutto ciò mentre io ero a casa a fare la doccia e Nico sceglieva la bara per zia Bettina.

Ci guardiamo atterriti, le facce da funerale adesso sono perfette. Prima di uscire guardiamo zia Bettina, sembra ci sorrida compiaciuta della sua opera di bene. Era tanto una brava persona.

SCUSI, QUANTO COSTA?

"Adesso lascia parlare me" disse Clelia alla sua amica del cuore Matilde.

"Scusi, scusi signorina"

"Buongiorno signora, desidera?"

"Senta, scusi, la mia amica vorrebbe provare quel vestito in vetrina, quello rosso, con la gonna svasata e tutti i pappagallini in fondo".

La commessa di Armani non si scompose, guardò rapidamente le due impavide sessantenni e rispose con voce felpata.

"Vi faccio accomodare al piano superiore" - sempre che ce la facciate a salire le scale - pensò tra sé.

"Vedi che sono gentili e non se la tirano? Sei la solita disfattista Matilde, hai paura anche della tua ombra."

"No, sei tu che sei troppo sfacciata. Hai visto come ci ha guardate quella lì? Neanche fossimo marziane."

"Ecco! Ragione di più per essere qui. È soltanto un negozio, alla fine, e noi non siamo qui per rapinarlo."

"Ah, no di certo! Saranno loro a rapinare noi, questo è sicuro".

A denti serrati si scambiarono una raffica di battute, salendo le scale del negozio di Piazza San Carlo. Arrivate in cima, si trovarono in un ampio atelier con la moquette blu cobalto, un tavolo in cristallo al centro della stanza e le pareti rivestite di una raffinata carta da parati dai toni vagamente dorati. La filodiffusione trasmetteva un pezzo jazz, la tromba di Miles Davis. Si fece loro incontro un uomo sulla quarantina, la barba incolta, folta e nera come i capelli, non altrettanto fitti.

"Buongiorno signore, posso esservi utile?"

Il tono suadente, i gesti raffinati, colsero di sorpresa le due amiche.

"Buongiorno anche a lei, ci aspettavamo di trovare la sua sgradevole collega", rispose ammirata Clelia. Subito Matilde seccò con un'occhiataccia la sua accompagnatrice e tentando di rimediare alla gaffe, disse: "Ehm, può esserci utile nella ricerca di un abito adatto ad accompagnare mio figlio all'altare. Qualcosa di semplice ma originale. Ammesso che la mia taglia lo consenta."

"Direi che potrebbe stare in una taglia 44, non è così?"

"Caspita, che occhio! Complimenti! Si capisce che deve aver conosciuto molte donne in vita sua", intervenne Clelia strizzando l'occhio. Il commesso si congedò per reperire un po' di abiti da mostrare a Matilde. "Ma che ti salta in mente? Ti sembra il modo di comportarsi in un posto come questo?", disse approfittando dell'assenza del commesso.

"Insomma, da quando siamo entrate in questa specie di museo, non hai fatto altro che riprendermi. Guarda che non è la Cappella Sistina, per quanto questo qui, lo vedrei bene in abiti adamitici" sussurrò strizzando di nuovo l'occhio all'amica. "Clelia fattelo dire, tu non capisci proprio niente. È gay! Non ti sei accorta che è gay? E poi non puoi essere un po' meno esplicita? Ti chiedo solo questo."

"Va bene, va bene starò zitta e buona e mi limiterò a guardare questo fusto che tu dici essere gay. A me però non sembra…"

Il commesso fece ritorno reggendo su una gruccia tre abiti. Il primo era un tailleur bianco con un pantalone a palazzo. Il secondo era un abito color pesca, la manica a tre quarti, un filo di perle intorno alla scollatura rotonda. Il terzo un abito lungo, nero, tempestato di strass. Le due donne si guardarono complici e scelsero all'unisono il secondo.

"Mi sembra il più indicato, per una donna della mia età", fece Matilde.

"Mia cara signora, l'età non conta, l'importante è indossare con disinvoltura anche uno straccio."

L'uomo le prese la mano, gliela baciò e l'accompagnò verso il camerino di prova. Clelia osservò incredula la scena, si fece da parte e ingannò l'attesa guardandosi un po' intorno. All'interno intanto Matilde cercò frenetica il cartellino del prezzo e, visto che non lo trovava, si rassegnò a indossarlo avendo cura di non sporcarlo. All'uscita del camerino il commesso reggeva in mano un paio di sandali blu, del numero di Clelia.

"Il vestito sembra cucito intorno a lei. Lo provi con questi sandali, per avere un'idea più completa".

Lei si rese conto che la paperina ai suoi piedi non era adatta alla prova. Una volta completato il quadro, si guardò allo specchio e ricevette subito l'ammirazione dell'amica.

"Sei incantevole, cara…"

"Grazie, mi scusi potrei sapere il costo di questo gioiellino?"

"Tremila cinquecento euro, signora, ma siccome si tratta di un abito della collezione precedente, è suo con 3000 euro, così può pensare di prendere anche le scarpe, se le interessa."

"Con le quali tornerei alla cifra iniziale, suppongo."

"Esattamente, euro più euro meno."

Clelia entrò nel camerino per rimettere gli abiti con cui era entrata. All'uscita ringraziò il commesso con una stretta di mano e disse che ci avrebbe pensato, poiché era l'unico vestito che l'aveva veramente colpita. Scesero le scale e trovarono la commessa che li aveva accolti in compagnia di due individui dall'aria tutt'altro che raccomandabile, uno più giovane, con un giubbotto di pelle nera, mentre l'altro poteva sembrare suo padre, con le borse sotto gli occhi e una giacca grigia un po' sgualcita addosso. Quando giunsero le signore, smisero tutti di parlare.

Si fece avanti il più anziano, estrasse dal taschino interno della giacca una tessera che mostrò alle due amiche.

"Buongiorno signore, sono il commissario Lamartina",

fece l'uomo con la voce appena udibile e un leggero accento siciliano.

"Abbiamo motivo di sospettare che siate le persone segnalate da molti negozi di moda del centro per il furto di piccoli oggetti di valore. Per tale motivo vi devo chiedere di aprire le vostre borse per un controllo."

"Noi non apriamo un accidenti!", intervenne secca Clelia.

"In tal caso dovrete seguirmi in caserma."

"Aspetti un momento commissario», disse arrendevole Matilde. Non abbiamo nulla da nascondere. Se vuole può controllare, però al termine ci aspettiamo delle scuse.»

L'agente Talarico vuotò le borse sul bancone del negozio, senza trovare nulla che non fossero oggetti personali: una spazzola per capelli, un blister di pastiglie, adesivo per protesi dentaria, oltre ai documenti e un ombrello pieghevole.

«A quanto pare, vi devo delle scuse.»

«Siamo cittadine rispettabili, non so per chi ci avete scambiate ma avete di sicuro preso un abbaglio. In quanto a voi, non metteremo mai più piede nella maison Armani», sentenziò Clelia voltando le spalle.

Uscendo dal negozio tirarono un sospiro di sollievo. Camminarono fianco a fianco senza dire una parola, fino a svoltare in via Maria Vittoria.

«Oh! guarda Matilde, comincia a piovere. Fortunatamente ho messo l'ombrello in borsa.»

L'anziana donna aprì la lampo della custodia contenente l'ombrello e sfilò con un gesto leggero un foulard di seta con i pappagallini rossi sul bordo, griffato Armani.

«E questo?», fece Matilde.

«Non penserai di poter stare in due sotto l'ombrellino. Prendilo tu, io mi coprirò con questo foulard», disse Clelia avvolgendosi il capo.

«Trovo che il rosso ti dia un'aria stanca, amica mia. Dovresti essere più accorta nelle tue scelte» disse l'altra, e si avviarono a braccetto verso casa.

TRENT'ANNI DI SOLITUDINE

Avete presente quel momento in cui solo voi, con gli occhi dell'immaginazione, spinti dal desiderio di iniziare una vita insieme alla vostra compagna, riuscite a vedere le potenzialità di un appartamento che altri non hanno colto?

"Allora, che ne dite?"

Sara ed io ci guardammo.

"Ci piace. Ci sono dei lavoretti da fare, però è quello che cerchiamo, per il momento. È piccola, dovremo adattarci, ma è fuori dagli standard delle case moderne, ha molte nicchie, anche per questo ci piace."

Ebbene, vedevamo l'angolo in cui avremmo messo il divano, per i nostri momenti di vita in comune e su cui fare l'amore. Il soppalco in legno, in cui poteva starci solo il letto, sopra il salottino, su cui avremmo trascorso le notti insieme, dormendo e facendo l'amore. Il bagno stretto con il piatto doccia, sufficiente per... fare l'amore. Dovevamo inventarci degli spazi per i vestiti, le scarpe, i libri ma a questo proposito la casa aveva diverse nicchie che già vedevamo chiuse da ante scorrevoli o tende radical chic, mensole e lampade da atmosfera soffusa e quadri e foto alle pareti; insomma era perfetta, finché non fosse arrivato un bambino.

Iniziammo subito i lavori. Lo stabile risaliva agli inizi del novecento. L'ultimo inquilino aveva rifatto l'impianto elettrico una trentina di anni prima. Il signor Baldini, il proprietario che ce lo aveva venduto, non aveva interesse a ristrutturare casa poiché viveva solo, da quando era rimasto vedovo dodici anni prima. Ormai ottantatreenne, con momenti di amnesia alternati a sempre più rari momenti di lucidità, era stato ricoverato in una casa per anziani. La sua unica nipote si occupava di lui, ed è con lei che trattammo l'acquisto dell'alloggio.

"Signor Mosso, sono Bricco, il muratore."

"Mi dica."

"Senta, battendo sui muri, mi sono accorto che c'è un vuoto in una parete della cucina, probabilmente un'altra nicchia. Se vuole venire a vedere…"

Passai a prendere Sara in ufficio, mezz'ora dopo eravamo lì. Picchiettando il muro con il manico di uno scalpello, il muratore ci fece una mappa del perimetro della nicchia. Era la credenza che mancava all'angolo cottura. Ci accordammo rapidamente sulla variazione che comportava al preventivo e gli dicemmo di procedere. Quella sera, galvanizzati dalla scoperta, bevemmo un ottimo Chardonnay e facemmo l'amore sul tappeto.

"Pronto?"

"Il signor Mosso?", fece una voce maschile con un'inflessione partenopea.

"È il commissariato di via Oliviero, un attimo che le passo il capitano."

"Buongiorno. Sono il capitano Mastrangelo."

La voce asciutta, dal timbro basso, non prometteva nulla di buono. Avevo attivato sessantaduemila sinapsi nel cervello che spaziavano contemporaneamente dall'eccesso di velocità ad un malore di mio padre trovato stecchito in ascensore, alla denuncia di un collega psicopatico che mi aveva minacciato la settimana precedente. Decisi di darmi uno stop e ascoltare cosa aveva da dirmi il capitano.

"Lei sta ristrutturando un alloggio sito in via delle Rosine 16 bis non è vero?"

"Ssì…" biascicai, mentre altre sinapsi andavano per conto loro in cerca di vicini rompi coglioni, del muratore scivolato su un mattone con la testa fracassata e altro ancora.

"Dovrebbe recarsi al più presto in loco per un accertamento."

"Sscusi, non potrebbe anticiparmi qualcosa?"

"Le spiegherà tutto il collega che si trova lì. La sta aspettando. La saluto" e chiuse il ricevitore.

Mi precipitai con lo scooter veloce come un razzo, rischiando un paio di incidenti e prendendo un vaffa dall'autista di un autobus per avergli tagliato la strada. Arrivai al portone, dove era parcheggiata in doppia fila una volante della polizia con due agenti in borghese e un'auto della scientifica da cui usciva un tizio con indosso una tuta bianca di quelle che si vedono nei telefilm. Il cuore cominciò a perdere la calma, il cervello la lucidità. Salii i gradini tre alla volta, convinto di trovare il corpo del muratore con la testa spaccata, caduto da una scala e dissi addio ai sogni domestici.

Mi feci largo tra il capannello di curiosi che si accalcava davanti alla porta del mio appartamento. Colsi qua e là frasi del tipo: *'l'hanno trovata in una nicchia', 'ma chi è, si è saputo?'*: frasi che non facevano che accrescere in me la certezza di un evento nefasto. Entrando in casa venni assalito da un agente che mi disse che non c'era niente da vedere e mi prese per un braccio.

"Sono il proprietario dell'alloggio, mi ha telefonato un poliziotto per dirmi di venire qui, ma cosa è successo?»

"Ah si, Caputo lascialo passare. Lei è il signor?"

"Mosso, Fabio Mosso."

Mi si parò davanti un tipo bassotto e largo, naso a patata, fronte alta.

"Sono il commissario Barbieri."

Intanto che avanzavo verso la cucina, sentivo rumore di scatti fotografici e riuscii a scorgere attraverso l'angolo della porta il muratore seduto su una sedia, con la testa tra le mani. Era vivo e rispondeva alle domande di un altro agente in borghese.

"L'ho fatta chiamare a seguito del ritrovamento di un cadavere nella nicchia della sua cucina."

Mi sentii gelare dalla testa ai piedi. Cercai di non dare

segni di cedimento per sentire fino in fondo quello che il commissario mi stava dicendo.

"Il muratore che lavora al suo servizio, ci ha detto che lei ha acquistato da poco l'alloggio, non è vero?", fece con una marcata inflessione del sud.

"Sì, è così."

"Il cadavere, di una donna, che ad un primo esame sembra risalire ad una trentina di anni fa, era avvolto in una custodia di cellophane, una di quelle in cui si conservano gli abiti nell'armadio. Non aveva vestiti indosso. L'assenza di aria, nel cellophane e nella nicchia in mattoni in cui è stata rinchiusa tutto questo tempo, hanno consentito uno stato di conservazione mummificato. Questa per sommi capi è la storia. Adesso la scientifica dovrà fare le analisi e cercare di risalire all'identità della donna e al colpevole dell'omicidio, perché di omicidio si tratta. Pertanto da questo momento l'appartamento è posto sotto sequestro. Lei dovrà firmare delle carte e rimanere a disposizione per altri eventuali colloqui eccetera, eccetera."

Non so per quanto tempo restai in silenzio, svuotato di ogni reazione, privo di iniziativa e di domande di qualsiasi genere, intorpidito come se fossi in stato catatonico. Dopo qualche tempo, il cadavere fu rimosso in una di quelle anonime bare metalliche. Vidi uscire la salma e provai un'immensa pena per quell'anima che doveva ancora essere pianta da un familiare, da un amico o da chi in tutti quegli anni aveva sperato in un suo ritorno a casa. Mi venne una voglia irrefrenabile di abbracciare Sara.

Il commissario Barbieri mi aveva garantito che avrebbero tolto i sigilli entro quindici giorni, ma poi non lo avevo più sentito. Nel frattempo, ripreso dallo shock, telefonai alla nipote del signor Baldini, l'anziano ex proprietario. Era palese che lo zio doveva essere al corrente della presenza del cadavere, dal momento che aveva vissuto in quella casa per quarantacinque anni. Ci incontrammo per un aperitivo in centro.

"Mi creda, sono sconvolta quanto lei. Mio zio non ricorda nulla o quasi. Riconosce a stento me e mio marito. Il commissario ha provato a fargli delle domande ma lo zio non risponde o si perde nel suo mondo."

"Capisco. Avete chiesto consiglio ai medici? Ho sentito dire che questi soggetti ricordano con più facilità eventi remoti."

"Sì, è così. Ma finché non risalgono all'identità della donna, è difficile porre le domande adeguate."

Il giorno seguente mi recai in commissariato, deciso a parlare con chi svolgeva le indagini. Del caso si occupava ora la dottoressa Roncato, una rossa procace con l'aria da dura.

"Stiamo cercando di risalire all'identità della donna passando in rivista le denunce delle persone scomparse trent'anni fa. Un lavoro tutt'altro che semplice. La donna non aveva abiti e quindi nessun documento, potrebbe non essere di Torino. L'unico segno particolare è un dente d'oro, un incisivo laterale, nell'arcata superiore destra. All'epoca del decesso, avvenuto per strangolamento, la vittima aveva una quarantina d'anni. Intanto abbiamo rintracciato i pochi amici della famiglia Baldini ancora in vita per interrogarli. Temo che dovrà avere ancora un po' di pazienza prima di poter tornare a casa sua. Ancora una cosa. La povera donna aspettava un bambino."

Il tono accorato con cui pronunciò l'ultima frase, le diede un aspetto umano e la rese ancora più bella.

Rassegnato all'attesa, ripresi la vita di tutti i giorni, senza tuttavia riuscire a togliermi dalla testa l'accaduto. Come era possibile che in un'abitazione anonima, in una famiglia qualunque, si fosse consumato un delitto e un occultamento di cadavere sotto gli occhi inconsapevoli di parenti e vicini di casa della coppia? Che razza di mostri si celavano all'interno di quella società borghese di tutto rispetto? Il pensiero mi teneva sveglio quasi tutte le notti. Dovevo fare qualcosa.

Rintracciai la vicina di casa più anziana dello stabile, che era andata a vivere con la figlia pochi mesi prima. Nicolina era un'arzilla signora di ottantasette anni, lucida ma con qualche difficoltà di movimento, data la grossa mole di peso che si portava addosso.

"Sì, quelli stavano sempre a litigare. Parlavano in piemontese. Io non capivo, che vengo dalle Puglie io. Capivo solo le parolacce, che quelle si assomigliano in tutti i dialetti" e rideva tenendosi la pancia con le mani a coppa. Il signor Baldini era un bell'uomo. Faceva il muratore ma non si ammazzava di lavoro. Era entrato nelle grazie di qualche signora della collina, che lo aveva presentato alle amiche come uomo di fiducia. Si era creato così un giro di lavoretti di poco conto, ben retribuiti, a cui univa qualche ora di svago in casa delle signore per bene. Alla povera moglie, che sapeva tutto, o immaginava, non restava altro che lo sfogo durante le liti. Finché un giorno cessarono anche quelle e la povera signora si ammalò. Le chiesi se ricordava una donna sulla quarantina con i capelli lunghi e neri, con un dente d'oro, amica della coppia. Mi disse che raramente ricevevano visite, se non da parte della sorella di lei, la madre della nipote, ormai defunta. L'unico particolare che aveva colpito Nicolina era che, dopo la morte della moglie, il signor Baldini parlava spesso da solo. Lei lo sentiva bene, poiché avevano i balconi comunicanti. Parlava in italiano e raccontava la sua giornata, come se in casa ci fosse ancora la moglie ad ascoltarlo. "Poveretto, magari si era pentito di averle fatto portare le corna tutti quegli anni…", fece Nicolina scuotendo il capo. A questo punto era chiaro che non aveva saputo del ritrovamento del cadavere nella nicchia. Me lo confermò la figlia qualche ora dopo. Le chiesi soltanto se ricordava di aver visto i vicini fare dei lavori di muratura e se ricordava chi li aveva fatti.

"Neee… quello Baldini aveva le mani d'oro coi mattoni. Sì, avevano chiuso una parete perché comprarono uno di quei mobili moderni, bassi e lunghi e la nicchia non stava bene li, allora Baldini la chiuse."

Ringraziai Nicolina, che mi strappò la promessa di tornare a trovarla per farle conoscere Sara e mangiare le sue famose orecchiette.

Potevo dedurre due cose: il colpevole era uno dei coniugi e comunque entrambi erano complici. Ma chi era la vittima?

Finalmente la scientifica aveva circoscritto l'identità a un gruppo di tre donne scomparse in quel periodo. Una sola di queste, però, risultò aver fatto delle cure dentarie da un famoso dentista della collina, non perché fosse ricca, ma perché prestava servizio come governante a casa del Dottore. Il dentista e la sua consorte erano passati a miglior vita. L'unica loro erede ricordava bene la governante in questione. All'epoca della scomparsa, lei aveva quindici anni. Per un po' ne sentì parlare, poi le voci si affievolirono fino a scomparire. Era una bella donna, alta, mora, dai capelli lisci e lunghi quasi sempre raccolti in uno chignon basso. Poche settimane prima della scomparsa, la ragazzina aveva assistito ad un alterco tra lei e suo padre nel suo studio. Lui aveva minacciato di licenziarla e lei aveva risposto secca: *'non ti conviene'*. Questo momento di confidenza le era parso dissonante. Tuttavia, accortisi della sua presenza, i due avevano smesso di parlare e si erano salutati cordialmente. La vittima aveva un nome: Ludovica Serra. Nubile, di modeste origini, era entrata a servizio della famiglia del dentista, prima come cameriera e poi promossa a governante. Mai un pettegolezzo su di lei, né un rimprovero da parte dei datori di lavoro. Nei fine settimana si recava dalla madre in campagna, tornava puntuale la domenica sera di tutte le settimane dell'anno. Alla sua scomparsa, la polizia mise a soqquadro la villa e lo studio in centro del dentista, senza ottenere alcun risultato. Le ricerche cessarono, si pensò a una fuga d'amore e il caso venne archiviato.

Io invece non mi davo pace. Pensare a quel vecchietto smemorato, ricoverato in una residenza per anziani, come ad un freddo assassino, mi faceva rabbrividire di paura. E se avesse commesso altri delitti? Era giusto che le indagini fossero ferme a un punto morto perché il principale indiziato non era in grado di intendere e di volere? Quale giustizia avrebbe mai ottenuto la povera Ludovica?

Una mattina di novembre arrivò del tutto inaspettata la notizia del decesso del signor Baldini. Confesso che provai rabbia per come era riuscito a cavarsela senza pagare il suo debito con la giustizia terrena.

All'apertura del testamento, il notaio consegnò alla nipote la chiave di una cassetta di sicurezza. Al suo interno era contenuta una cospicua somma di denaro e una lettera.

"Mi accorgo che la memoria mi sta abbandonando. Approfitto dei pochi momenti di lucidità per chiarire una vicenda avvenuta molto tempo fa, il cui segreto ho tenuto celato dentro di me per tutti questi anni, tormentato dal rimorso. All'epoca dei fatti lavoravo alla villa dei signori Palmieri, di proprietà di uno stimato dentista della Torino bene. Fu lì che conobbi Ludovica, una donna dalla bellezza dolce e prorompente, da cui fui subito attratto. Le mie inutili insistenze non scalfirono il suo cuore, innamorato perdutamente del dentista. Lui la teneva in pugno promettendole un futuro d'amore che, invece, si rivelò la fine di quella ragazza dall'animo fragile. La loro relazione andava avanti da anni, me lo confessò lei stessa la sera in cui morì. Venne a casa mia, mia moglie era andata in riviera a trascorrere le vacanze con la sorella e la nipotina. Ero l'unica persona amica a cui confidare il suo segreto. Era sconvolta e allo stesso tempo entusiasta, perché aveva scoperto di aspettare un bambino dal dentista, ma quello non solo l'aveva insultata, l'aveva minacciata di licenziarla se non avesse abortito. Dopo qualche ora arrivò anche lui, allora scesi al bar a bere una birra per lasciarli soli, sperando in una riconciliazione. Quando tornai a casa, trovai il corpo di Ludovica riverso nel letto, nuda e senza vita. Il dottore mi implorò di aiutarlo a far sparire il corpo. Mi avrebbe coperto di denaro, tutto quello che volevo. Ma io ero deciso a chiamare la polizia. Poi passò alle minacce, disse che nessuno avrebbe creduto alla parola di un gretto muratore. Con i soldi avrebbe comprato i giudici e i migliori avvocati. Non avevo scampo. Aveva già in mente tutto. L'idea di murarla nella nicchia fu sua. Mi chiese se avevamo in casa una custodia per abiti. Gliela porsi, la chiuse lì dentro. Io avevo il materiale nel furgone. Quella notte stessa chiusi la nicchia con i mattoni. Lui si occupò dei vestiti, credo che li bruciò nel camino della sua casa di montagna. Mi fece recapitare il mobile da mettere lungo la parete con un bel quadro rappresentante un ruscello. Al rientro, dissi a mia moglie che era il mio regalo per farmi perdonare dei tradimenti subiti e che non sarebbe mai più successo niente del genere. I soldi furono una manna poiché, poco dopo, mia moglie si ammalò e grazie a quel denaro la portai nelle migliori cliniche svizzere, dove le fu garantita una cura per molti anni. Non rividi mai più il dottore, lessi della sua morte dai necrologi della Stampa, in cui veniva elogiato per essere stato uomo esemplare dai suoi tanti amici ipocriti. Quanto alla povera Ludovica, mi piacerebbe che il denaro avanzato servisse a dare una degna sepoltura a lei e al bambino mai nato che aspettava con entusiasmo. Finché la memoria mi ha assistito, non è trascorso un solo giorno senza che io pensassi a Ludovica e alla sua tragica fine. Chiedo perdono a tutti, ma soprattutto a Dio Onnipotente. Con immenso dolore. Mario Baldini."

Sono trascorsi tre anni da quella sconvolgente vicenda che turbò il mio ménage quotidiano. Sara ed io non ce la sentimmo di continuare i lavori in quella casa di dolore. Vendemmo l'appartamento e comprammo un rustico fuori città, in cui viviamo con il piccolo Edoardo, nato un anno fa, e la nostra amabile gattina Ludovica.

PUNTI DI VISTA

A cominciare da oggi, ogni giovedì sarò qui. Entro per la prima volta nella sala polivalente del Parco di Collegno, per la lezione di yoga. La stanza è ampia, il parquet la rende calda e accogliente. In fondo, in piedi vicino a una delle due finestre, Claudia, l'insegnante, accende un incenso. Ci siamo conosciute al mare quest'estate, una mattina abbiamo praticato yoga all'alba sulla spiaggia. È stato allora che ho deciso di frequentare il suo corso.

Intanto, arrivano gli altri praticanti, sistemano i tappetini, si scambiano battute. Cominciamo. Claudia proferisce alcune frasi di benvenuto e mi presenta al gruppo. Spiega anche il percorso che svolgeremo durante l'anno, volto ad equilibrare l'energia dei sette chakra, attraverso le asana e la meditazione guidata.

"Ora stendetevi in *shavasana* e abbandonate il vostro corpo al tappetino."

Un attimo prima di chiudere gli occhi, percepisco la penombra della stanza e mi lascio guidare dal mantra di sottofondo e dalla voce di Claudia.

"Il primo chakra, il cui nome sanscrito è *Muladhara*, significa 'radice': afferma il diritto di esistere e di avere. "È collocato alla base della colonna vertebrale. Il suo elemento è la terra. Il demone è la paura. Il colore è il rosso…"

L'ultima affermazione scatena in me una serie di collegamenti che, partendo dall'amigdala, sede dei ricordi, corre all'indietro, a un'estate dai nonni all'età di otto anni. Un pomeriggio assolato sull'isola di Ponza, all'ora in cui tutti riposano per il troppo caldo, mia nonna e mia madre mi portano in casa di una vicina. La nonna vuole regalarmi degli orecchini di corallo rosso montati su oro, ma io non ho i buchi alle orecchie. La vicina, una signora sulla cinquantina, mi dà una carezza e mi dice: "Non aver paura, non sentirai male".

Da un contenitore per il cucito, prende un ago e il filo bianco per imbastiture. Arroventa l'ago sulla fiamma della cucina, mi sfrega i lobi con un batuffolo imbevuto di alcol. Io sono seduta su una seggiola e abbraccio stretta stretta mia madre alla vita, mentre lei mi tiene la testa leggermente inclinata. Strizzo forte le palpebre e trattengo il respiro...

"....e respirate a fondo."

La voce di Claudia risuona come un'eco lontana. Eccomi, sono qui. Inspiro lascio entrare l'energia, espiro elimino le tossine. Mi concentro sul respiro: ins... esp... ma, inesorabilmente, il pensiero rimbalza tra le anse del mio cervello, non trova via d'uscita e padroneggia indiscusso nella mia testa.

Il rosso è il colore della mia infanzia. Indosso un cappottino rosso, scarpe rosse e sono rossi i fiocchi che attorniano i miei codini. Possibile che mia madre conoscesse l'importanza dello sviluppo del primo *chakra* nei primi anni di vita? A questa domanda non so rispondere. So solo che durante una gita in montagna al Centro Estivo, il rosso delle mie calze procurò un certo stato d'ansia in me, mio fratello e la mia amica. Per fare quelli che ne sanno più degli altri, durante l'escursione ci staccammo dal gruppo. E ci perdemmo. Io ero la più piccola, quindi mi affidai completamente alla destrezza di mio fratello maggiore e della mia amica, sua coetanea, in fatto di percorsi montani. Ho un ricordo confuso della dinamica dei fatti. So solo che mio fratello venne punto su un braccio da un calabrone (ma forse era un'ape o una vespa) e la mia amica diagnosticò un pericolo di morte, senza l'iniezione di un antidoto. Io tremavo al pensiero, quindi cercammo velocemente di raggiungere il gruppo. Inciampai in un rovo e mi punsi le mani con le ortiche. Finalmente scorgemmo i nostri in lontananza, ci accorgemmo però che eravamo ostacolati da un gruppo di mucche al pascolo, tra cui era presente un toro. Il problema ero io, o meglio i miei codini e le mie calzette rosse. Per non turbare la sensibilità del toro, mi intimarono di liberarmi di tutto ciò che possedevo di rosso. Non c'era tempo da perdere, mio fratello poteva morire da un momento all'altro. Finalmente aggirammo la mandria e raggiungemmo gli altri, che non si erano neppure accorti della nostra assenza e giocavano allegramente a 'fazzoletto'. Mio fratello fu medicato e dichiarato guaribile in cinque minuti. A me versarono dell'acqua fresca sulle mani per placare il prurito delle ortiche. Fummo rassicurati anche sulla totale assenza di tori nelle vicinanze, per cui indossai di nuovo le calze rosse e proruppi in un pianto liberatorio. Eravamo salvi! Non so spiegarmelo, eppure quando ebbi la facoltà di scegliere i vestiti da indossare scartai sempre il rosso, almeno fino a qualche anno fa.

"…le nostre radici rappresentano il luogo da cui veniamo: la terra, l'utero, la famiglia e la nostra storia personale. Per creare delle fondamenta solide dobbiamo individuare le radici nella nostra infanzia…"

Di nuovo la voce guida di Claudia mi riporta al presente. Ora mi chiedo: sarà sufficiente la pratica dello yoga per superare i miei traumi infantili? La scienza non ha capito una cosa elementare: i bambini hanno occhi troppo grandi rispetto al capo e pertanto alcune cose appaiono maggiorate, come ingrandite da una lente. Crescendo tutto si ridimensiona, cambia la prospettiva…

TESTIMONIANZE VICINE DI UNA GUERRA LONTANA

Quando sentii la prima volta i racconti di Nuza sulla guerra, quasi stentavo a crederle. Mi sbalordì, più di tutto, il fatto che fosse una ragazza più giovane di me a descrivere l'accaduto, abituati come siamo ad ascoltare solo dagli anziani l'atrocità di un passato belligerante. Ricordo l'ultima volta, il 25 Aprile scorso al Sacrario del Martinetto a Torino, al termine della recita in cui si rappresentavano le gesta eroiche dei Partigiani, farsi avanti uno degli ultimi reduci della seconda guerra mondiale, ormai ultra novantenne, e testimoniare la realtà di quelle fucilazioni. Ecco, per me la guerra è stata studiata sui libri o raccontata da chi ne aveva vissuto i drammi economici, ma anche le mutilazioni e le perdite dei familiari. Mio nonno, ad esempio, era stato prigioniero in Albania. Quando fece ritorno a casa mio padre si rifugiò sotto le gonne di mia nonna perché non lo riconosceva.

"Quando avevo l'età di Erika, andavo al cinema con mia sorella, non c'erano pericoli a Nagebi. Ci conoscevamo tutti."

"Cosa, cosa?" interviene Luca dalla stanza accanto con tono sarcastico. "Stai dicendo alla tua amica che a Nagebi c'era un cinema? Dove? È la cittadina più spoglia che io abbia mai visto, non ci sono neppure gli alberi!"

"Sì caro, c'era il cinema, il minimarket, la scuola e gli alberi! Vuoi sapere di più? C'erano i lampioni lungo le strade."

"Anche io sono sorpresa. Dalle descrizioni di tuo marito ho immaginato la Georgia come un lembo di terra incontaminato tra il Caucaso e il Mar Nero. Voglio dire, Tiblisi è la capitale, sarà una bella città. Ma il resto, credevo fosse di stampo rurale" dissi guardando Nuza.

"In verità, prima dell'88 si viveva alla maniera dei comunisti. Le case e il loro contenuto erano uguali per tutti. Mio padre aveva un lavoro: faceva l'allevatore di bestiame. Mia madre era la pediatra della scuola. Voi avete il pediatra nelle scuole?"

Luca fece capolino dal salotto: "Smettila, lo sai che a stento abbiamo le insegnanti... Sei anche tu cittadina Italiana oramai" esclamò Luca ammiccando.

"Voglio dire che le cose non andavano poi tanto male, ma neanche bene come avremmo voluto. All'epoca avevo una decina d'anni. Più tardi capii che ciò che era accaduto in quegli anni in Georgia era stato il riverbero di un moto più vasto, partito dalla Germania con la caduta del muro e arrivato in Russia con la disgregazione degli Stati che la componevano. La nostra madre Russia trovò il modo di punire la ribellione, semplicemente chiudendo l'oleodotto. Di colpo, da un giorno all'altro, il paese piombò nella miseria più nera. Niente benzina, niente riscaldamento, niente lavoro né cibo. Le banche dichiararono fallimento e la povera gente imparò a sopravvivere."

Erika colorava il suo album di animali, seduta sulle gambe di Nuza. Io e Luca sedevamo vicini dal lato opposto del tavolo, avidi di saperne di più su quel modo di vivere, per noi così difficile da immaginare. Mentre Nuza parlava sentivo crescere il dispiacere per il passato di quell'amica conosciuta anche grazie alla *sua* guerra.

"Prima si bruciò la legna che ognuno possedeva in casa, i mobili della scuola in cui mia madre aveva smesso di lavorare. Quando non ci furono più neppure quelli, a poco a poco, sparirono gli alberi."

"Hai parlato di lampioni, prima."

"Venivano divelti e venduti ai compratori di ferro turchi, come pure i macchinari costosissimi fermi nelle fabbriche abbandonate, svenduti per pochi Lari, pur di comprare della farina e un po' di zucchero al mercato nero. Certe sere io e mia sorella andavamo a letto dopo aver lavato i capelli e il mattino seguente, al risveglio, sentivamo tra i ricci il crepitio degli aghetti di ghiaccio formatisi durante la notte. Nonostante tutto, non ci siamo mai ammalate." Lo disse dispiegando le labbra in un sorriso gioioso come una giornata di sole.

"Ci sono stati momenti difficili; sai, quando c'è la disperazione, le persone non sono più le stesse. C'era chi entrava in casa per rubarti una pentola e poi rivenderla ai compratori di ferro. Poi impari che non hai più nulla da perdere e allora la paura svanisce. Impari a difenderti, a condividere il poco che hai con chi ti circonda, anche se è un estraneo."

"Dopo questa esperienza, immagino sia stata una passeggiata affrontare un viaggio in occidente alla ricerca di un lavoro" affermai a quel punto.

"Sapevo bene che la mia laurea in economia e commercio non avrebbe avuto valore in Europa ma io volevo raggiungere l'Italia. Non chiedermi perché, non saprei risponderti."

Quella sera continuammo a parlare delle difficoltà che aveva dovuto superare per arrivare in Italia e di come per molti anni non poté tornare in Georgia, perché altrimenti non le avrebbero dato il visto per uscire nuovamente dal paese.

Sentivo crescere in me un'ammirazione profonda verso la donna, l'amica, la mamma che avevo davanti. Aveva lottato e aveva vinto. A testimoniare il tutto c'era Erika che con la sua soave vocina irruppe nella nostra conversazione: "Mamma ho fame! Facciamo la pizza?"

TUTTO PUÒ SUCCEDERE

La settimana era quasi terminata senza che Cristina avesse scritto nulla di significativo, riguardo all'argomento assegnato da Laura. C'era stato il lavoro, poi quella cena con le amiche, ma in realtà cominciava a pensare di non essere tagliata per questo corso di scrittura. In particolare, era l'argomento 'fantasia' a suscitare in lei uno stato d'ansia. Non c'era verso: più si sforzava di pensare, meno le venivano idee. Alla fine, verso sera, era riuscita a costruire una storia in cui un bambino, ospite in campagna a casa dei nonni, stipava la sua pipì all'interno di una grande botte, non si sa per farne che cosa. Poi scrisse di una giovane donna in bicicletta, entrata attraverso un tunnel in una dimensione parallela, da cui per uscire avrebbe dovuto tagliare la falange di un dito a un nano. Anche in questo caso mancava il finale. L'ultimo racconto che riuscì a concepire trattava di un'albergatrice psicopatica che faceva uscire gli ospiti solo quando avevano finito di mangiare tutto ciò che lei portava in tavola. Alle undici e trenta di sera Cristina abbassò il display del portatile e portò a dormire se stessa e tutte le storie assurde che non era riuscita ad inventare. Il computer era in *stand by*, presa dalla stanchezza Cristina aveva dimenticato di spegnerlo. Nella notte accadde che i personaggi uscissero dalle cartelle in cui erano stati salvati e si mescolassero fra loro.

"E tu chi sei? " fece l'albergatrice al nano senza falange".

"Sono Simone, vivo in questa pista ciclabile da tre giorni, se non mangio qualcosa, nel prossimo racconto farò la parte dello scheletro nano."

"Fermati nel mio albergo, sei mio ospite."

"Grazie signora, è molto gentile da parte sua."

La ragazza in bicicletta riuscì finalmente a uscire dal

tunnel e si trovò in aperta campagna.

"Oh! Questo sì che è un posto fantastico per le mie pedalate. Chissà dove posso trovare una fontana cui dissetarmi."

Si fece incontro Luca, nove anni, guance paffute, sguardo severo: "Venga con me. I nonni hanno un serbatoio di acqua fresca nel fienile, al riparo dal sole" e la condusse con un ghigno verso la botte in cui conservava la sua pipì da diversi giorni. Aprì il rubinetto e versò il liquido in un contenitore di alluminio, di quelli con cui si fa bollire il latte. Lo porse alla donna aspettando la sua reazione di sdegno: "Ah! Era ciò che serviva" sospirò lieve la ciclista, asciugandosi le labbra col dorso della mano.

Gli ospiti dell'albergo, approfittarono dell'attimo di distrazione dell'albergatrice, intenta a parlare col nano, per saltare nella cartella delle foto di Cristina. Senza alcun costo aggiuntivo, si trovarono sulla spiaggia più bella di Formentera, davanti a un mare cristallino dalle sfumature cangianti.

Il mattino seguente, l'ultimo giorno utile per scrivere un racconto da consegnare a Laura, Cristina accese il computer e aprì una cartella di Word che non ricordava di aver salvato, posta al centro del desktop. Era la storia di una comitiva di persone in vacanza a Formentera. L'albergo in cui soggiornavano era gestito da una strana coppia: una signora sulla sessantina, ossessionata dal cibo, e un nano privo della prima falange del dito indice della mano destra. Cosicché, per dare indicazioni stradali, non poteva usare il dito indice. Tirava su la mano e tendendo il dito medio diceva: "Per di là", attirando improperi da parte della gente. La strana coppia offriva agli ospiti le biciclette con cui recarsi in una fattoria dall'altra parte dell'isola. Il posto era diventato famoso per la presenza di una botte che trasformava qualsiasi liquido versato al suo interno in un'acqua dal potere ringiovanente. Cristina finì di leggere la storia che non aveva scritto e capì che mancava il finale. Abbassò il display, agitò il computer energicamente e si preparò ad aprire la cartella di Word. Fu così che lesse che la botte era rotolata addosso al bambino, schiacciandolo come una piadina romagnola. La ciclista aveva bevuto così tanta acqua da essere tornata bambina e pertanto non era più in grado di pedalare. Restò alla fattoria per il resto dei suoi giorni. Il nano si fece amputare tutte le falangi, così da non essere più equivocato quando comunicava le informazioni. E l'albergatrice? Era finita nel cestino in basso a destra dello schermo ma, ahimè, Cristina se ne rese conto solo dopo averlo svuotato.

IL GIORNO PIÙ LUNGO

Tutto ebbe inizio una mattina di Maggio del 2054. L'aria era ferma. Silvia si alzò dal letto stupita di non sentire il cinguettio degli uccelli sul melo davanti casa. Si affacciò alla finestra del bagno. La luce era forte sebbene fossero passate da poco le sei del mattino. Scese in cucina a preparare la colazione. La raggiunse Samuele.

"Buongiorno, hai notato anche tu l'assenza di rumori questa mattina?"

"No" fece lui stirando le braccia. "Siamo più mattinieri degli uccellini", scherzò.

Dopo colazione uscirono insieme per raggiungere le rispettive auto in garage. Passando davanti al melo, videro con orrore lo sterminio di passerotti che giacevano tra l'erba qua e là. Samuele ne raccolse uno.

"Non toccarlo!" reagì Silvia. "Potrebbe trattarsi di un'epidemia trasmissibile agli umani."

"Dovremmo portarne uno dal veterinario per capire qualcosa di più", disse lui.

Silvia annuì e corse in casa a prendere un sacchetto di plastica in cui riporlo.

Andando al lavoro si fermarono all'ambulatorio di Giulio, loro amico veterinario, e gli spiegarono l'accaduto. Risalirono in auto. Al notiziario delle otto e trenta comunicavano la misteriosa morte di centinaia di volatili in tutta la regione. Si guardarono spaventati. Samuele, che era solito sdrammatizzare ogni situazione, disse che probabilmente avevano mangiato del cibo contaminato da chissà quale sostanza chimica, sversata nell'ambiente da imprese senza scrupolo.

"Vedrai che non ci sarà alcun pericolo e sicuramente i responsabili non saranno individuati."

Quella sera, Giulio disse loro che gli uccellini erano

stati uccisi da emorragie interne multiple. Disse solo che anche lui non si sentiva bene e che doveva andare a casa a riposare. In tv il notiziario andò in onda in edizione straordinaria. Durante il giorno i pronto soccorso degli ospedali erano andati in tilt per l'arrivo massiccio di persone colte da malore. Il cinquanta per cento di esse era deceduto per cause sconosciute. Il Ministero della Sanità invitava la popolazione a non uscire di casa, se non per necessità, e a non frequentare luoghi affollati. Ogni attività doveva rimanere paralizzata fino a nuove disposizioni governative. A queste parole, neanche lo spirito ottimista di Samuele riuscì a dare conforto. Silvia era pietrificata. Avrebbe voluto andare dai vicini, scambiare un'opinione in merito, ma si rese conto in quel momento che le strade erano deserte e le tapparelle delle case abbassate. Tutto appariva calmo, eppure niente sarebbe stato più come una volta.

Trascorsero così due anni, da quel mattino spaventoso.

Samuele, dopo qualche giorno, si era svegliato con una grave emorragia agli occhi. Era il sintomo più evidente della pestilenza dilagante in tutto il paese e presto in tutti i continenti. Per lui non c'era stato altro da fare che attendere la fine della sofferenza, alleviata solo dalla vicinanza di Silvia. Lei aveva sperato fino all'ultimo di essere contagiata, di andarsene insieme e chiudere il capitolo "vita terrena". Invece gli ultimi due anni erano trascorsi tra le mura di casa e il giardino. Era riuscita a nutrirsi con i prodotti coltivati nell'orto e i pochi alimenti che era riuscita a barattare con qualche sopravvissuto come lei, che ogni tanto vagava per le strade. Due anni vissuti in assenza di rapporti umani lasciano ampio spazio alle riflessioni. Silvia non temeva la morte e forse proprio questo le consentiva di vivere ogni giorno incurante del domani. Tutto era perso, eppure lei era viva. Non sapeva cosa farne della sua vita, senza un progetto. Allora una sera decise. Sarebbe partita con la sua bicicletta, senza una meta. Il mondo lo conosceva e anche la razza umana, quella stessa che aveva provocato l'apocalisse di cui era testimone. Era stata la liberazione di un virus stoccato in un laboratorio in Germania a causare il disastro, versato in un corso d'acqua da cui si era diffuso rapidamente alla popolazione. Ormai non aveva importanza il nome del responsabile. Era il genere umano, con la sua sete di dominio, a disgustarla. Ciò che le premeva, a questo punto, era conoscere se stessa per tutto il tempo che le restava da vivere, in sintonia con la natura. Per una settimana preparò con cura un carretto da legare alla bici. Non aveva bisogno di molto. Un sacco a pelo, un padellino in cui far bollire l'acqua da bere, qualche contenitore con del cibo essiccato, una raccolta di semi, divisi in bustine ricavate da lembi di stoffa, contrassegnate dal nome della pianta, una modesta collezione di libri, come unici compagni di viaggio, la foto di Samuele. Le vie che percorse erano deserte. Ad esclusione degli insetti, gli animali erano quasi estinti. La vegetazione aveva preso il sopravvento su tutto. Lentamente, l'asfalto non più percorso dalle auto mostrava delle crepe nelle quali si facevano largo piante di ogni specie. Nei giardini delle case, nelle scuole, nelle chiese, ovunque l'uomo avesse marchiato il territorio con la propria supremazia, non esisteva altro che nuova natura rigogliosa, desiderosa di riconquistare gli spazi. Era uno scenario cui faceva ancora fatica ad abituarsi, eppure non le dispiaceva. L'assenza di inquinamento, di rumori assordanti, di inutili corse tra casa e ufficio, le dava un senso di appartenenza alla Terra e per la prima volta capì di avere tutto quanto le era necessario. Al quarto giorno di cammino incrociò un gruppo di persone. Rimase al sicuro nella fitta vegetazione, ad osservarli per ore. Erano sporchi, malnutriti e facevano ricorso alla violenza per ogni minima divergenza. Si allontanò da loro senza essere vista. Trascorse molti giorni in cammino senza incontrare altro che la propria ombra e la propria pace.

Una mattina, svegliandosi, trasalì nel sentire un lamento, lieve come il miagolio di un gatto. Lo seguì e si trovò di fronte a due creature indifese accanto al corpo in decomposizione di quella che doveva essere stata la loro madre. Non era morta per l'infezione. Sembrava piuttosto aver sacrificato se stessa per nutrire quei due bambini. Li prese con sé, li allontanò, cercò di seppellire la donna e di consolare i bambini. Erano un maschio e una femmina di circa otto anni. Non parlarono per una settimana. Seguivano Silvia in ogni iniziativa, imparando l'arte della sopravvivenza. Una sera il bambino prese un libro dalla bicicletta. Iniziò a sfogliarlo e lo mostrò alla sorella. Questa lo riconobbe ed esclamò: "È Pinocchio! Papà ce lo leggeva tutte le sere."

Silvia iniziò a leggere finché ci fu luce, finché i bambini si persero nel buio delle loro palpebre.

Il viaggio si fece interessante. Silvia si sentiva investita della responsabilità di educare i bambini. Insegnò loro i nomi delle piante, a riconoscere quelle commestibili da quelle nocive, ad accendere il fuoco e a far bollire l'acqua. In cambio, Marta e Luca, oltre ad imparare in fretta, portarono leggerezza e gioia nella sua vita. Ogni volta che raggiungevano un paese cercavano la biblioteca per poter prendere nuovi libri e lasciare quelli già letti, in modo da non appesantire il carico. Ormai erano muniti tutti e tre di biciclette con carretto al seguito. Una sera fece addormentare i bambini davanti al fuoco acceso, dopo aver letto qualche pagina di "Moby Dick". Li guardò respirare profondamente e per la prima volta ebbe paura di morire.

INDICE

Libro pubblicato con il contributo di SCRI.VI.MI.
https://www.facebook.com/groups/575767215791286/

www.ingramcontent.com/pod-product-compliance
Lightning Source LLC
Chambersburg PA
CBHW021936170626
46807CB00007B/3133